世田谷線トワイライト

……もう一つの池上線物語……

丸山　裕

世田谷線トワイライト

……もう一つの池上線物語……

丸山　裕

奈月はラジオから流れてくるメロディーに、耳を澄ました。

『あれ、この歌、久し振りだわ』

この曲を聴いたのは、いつだったろう。以前は年に何度か耳にしたけれど、このところすっかり遠ざかっていたメロディーだった。

♪　古い電車のドアのそば
　二人は黙って立っていた

……

……

奈月はこの唄い始めのフレーズが耳に触れるたびに、忘れかけていた青春の面影が呼び起こされるようで、甘酸っぱくもほろ苦く情感を高ぶらせていた。

その日も家族を送り出したあと、パートに出掛けるまでのあいだに、慌ただしく動きまわっていた。

朝食の後片付けを済ますと、起き抜けにまわしておいた洗濯機から洗い物を取り出し、二階ベランダの干し場に行く。続いて、玄関まわり、居間、廊下、トイレなど、ひと通り掃除をしていくのがいつものことであった。

夫の悠也がまず隣町の設計事務所に車で出勤し、次に高校生の朱実が私鉄駅まで自転車で、最後に中学生の春樹が八時前に通学して行った。それから、パート仲間の絹江さんが車で迎えに来てくれる一時間余りのあいだに、奈月は朝の日課を済まさなくてはならなかった。

収集日にあたる生ゴミを通りの角脇に出したあと、ラジオ番組の『モーニングコーヒーをあなたと共に』を聞き流しながら、出勤の身支度を済ませテーブルで一息付いているところであった。

奈月が初めてこの曲に気を留めるようになったのは、東京での学生生活を終え実家に戻り、勤めに出るようになってからである。それ以来、気になる曲であるけれど唄うには切なすぎて、ふと立ち止まり聴き入るだけであった。奈月にとって東京で過ごした当時の記憶が重なり、歳月を経てもなお情景が見えるようで、想い出を鮮やかに蘇らせる曲となっていた。東京にいるときは、題名となっている路線を利用したことはなかった。蒲田から本門寺のある池上や洗足池方面を経由して、五反田に至る私鉄線というのも随分あとになって知ったことである。そんな関わりもなかった路線なのに、ふとなにかの弾みで胸をくすぐりいつまでも余韻を残すメロディーに、胸がつまされてしまう不思議な曲となっていた。

そのとき、遠くで呼ばれている声をぼんやりと聞いていた。

「奈月さん。奈月さん」

間を置いてもう一度、「奈月さん」

確かに絹江さんの声が耳に届いているのに、それに反応しようとしない自分がいるのを感じながら、飲み掛けのコーヒーカップを握る手のゆるみをほのかに感じていた。

「奈月さん、いますか」

絹江さんはいつも奈月が門を出たところで待つことになっているのに、その日に限り姿も応答もないので、車から降りて勝手知った庭先にまわって来たようである。そして、家のなかを窺いながら掃き出し窓の引き戸を叩いた。

奈月はガラス戸の渋い振動音に、ふと我に返った。

「ああ、絹江さん、ごめんなさい」

はっとして立ち上がった。

絹江さんは奈月に目をやると、いつもでない表情にいぶかしげな眼差しを向けた。

「奈月さん、どうかしたの。調子が悪ければ休んでもいいのよ」

「だいじょうぶ。もう、なんでもないの。ちょっと顔がほてって身体の力が抜けたようで、変な感じがしたのだけれど、もう直ったわ」

確かに、意識も身体もいつもの自分に戻っていた。

「それならいいけど。無理することはないわよ。それに、今夜は送別会もあるし」

心配を掛けてしまった絹江さんに、申し訳ないと思いながら
「ほんとうに、だいじょうぶです。送別会も楽しみにしていますから」

「そう、それならいいけど。じゃあ、戻っているから」

絹江さんはそういって、車のほうに背を向けて行った。

絹江さんとは、下のお子さんと娘の朱実が同級生で、小学校でＰＴＡの役員を一緒

にして以来、懇意にしている仲であった。昨年、奈月は義母を見送り、家庭の内情を承知している絹江さんから、三ヶ月前に今の仕事を誘ってくれた人だった。勤め先は車で二十分ほど郊外に向かった、工業団地の一角にある電子部品を製作している工場で、十時から四時半までの勤務であった。

「どうせ奈月さんの家の前を通って行くのですもの、一緒に行きましょう。そのほうがわたしも楽しいわ」と、絹江さんは車での送り迎えを申し出てくれた。

仕事は現場事務所で、作業棟の各部門から持ち込まれる検品確認表や製品報告書を取りまとめ、時間までにパソコン入力したり、作業棟からの連絡を本部担当課に繋げたりすることだった。

「わたしもね、顔がほてって頭がぼうっとすることがあったの。この歳になると、女性にはいろいろと始まるものよ。それに、今夜の千都留さんの送別会は、仲間内の女子会なのだから無理しなくてもいいのよ」

絹江さんは気を遣ってくれた。

「ほんとうに、もうだいじょうぶですから」

「それならいいわ。今夜は思いっきり楽しみましょうね。ちょっと、おめかしして行きたいわね」

絹江さんは今夜の幹事を引き受けて、張り切っていた。

その日は定時に仕事を終えるといったん家に戻り、夕食の作り置きを済ませて夕方絹江さんを待った。

会場は『ジュリー』という駅前通りに構えるカラオケスナックで、先輩の千都留さんの送別会が開かれる。仕事中もどんな服装にしようか、女子のあいだではそれぞれ思いを巡らし、期待し合っていた。職場はいつになく浮き足立っているのが傍目にも分かるほどだった。奈月は今の職場に勤めてから、こうした会に出るのは初めてであった。目立たずそれでいて地味にならずと思いながら、気に入っているリーフグリーンの無地のワンピースに、紅サンゴのコサージュを胸元に着けてみようと思った。

千都留さんは女子職員のまとめ役として、頼れる人望家であった。六十歳で定年を迎え、続いて嘱託で三年勤めて先月末惜しまれながら退職した人だった。

奈月は『ジュリー』のことを、なんどか絹江さんから聞いていた。マスターは千都留さんと幼馴染で、今夜は全面協力をしてくれることになっていた。地元生まれの絹江さんも親しくしている間柄のようであった。マスターは歌手の沢田研二さんの大ファンで、店の名前もそこに由来しているとのことである。若いときはライブで、楽器や機材の手配やセッティング等を行うローディーとして携わっていたというのが自慢話であったが、どれほどの関わりであったのか、真意のほどは定かでないらしい。

店内は磨き上げた木調で統一され、思っていたより重厚な造りとなっていた。シックな幅広のカウンターやボトルを納めたバックバーが落ち着きをみせていた。正面の壁にはこれ見よがしと、全紙サイズの額に収められた沢田研二さんとマスターとのツーショット写真が掲げられていた。その奥に進むと個室になっていた。内部は全く雰囲気を異にする、電飾を施したきらびやかなカラオケ専用ルームとなっていた。

ここが今夜の貸切会場である。

店には余裕をもって着いたつもりでいたが、みなさんは気持ちが急いているようで、おおかたの人がすでに顔を揃えていた。出席者は、千都留さんを入れて八名。本部棟で担当窓口となっている女子二名と、現場事務所の女子オールキャストである。これまで制服姿のイメージが強かったので、アップにした髪型や化粧の入念さ、着飾った装いにどぎまぎするほどの入れ込みようであった。それが千都留さんへの敬愛の念であると、奈月は改めて知る思いであった。

会は揃ったところで始めることになった。

まず、幹事役の絹江さんがマイクを持って、開会を宣言した。

続けて、花束贈呈、千都留さんの挨拶、そして乾杯とお決まりコースを辿り、ひとしきり雑談し和んだところで、マスターがサプライズを用意してくれていた。

前面に狭いながらも壇上ステージが設置され、暗くなった会場がマスターのワンマンショーの始まりだった。暗闇のなかで、スポットライトと天井吊りのミラーボールの光線が、さまざまな色彩に変化しながら妖艶に放たれていく。そこにパナマハットを被り、ジャケットの下にペイズリー柄のシャツとスリムなデニムパンツ、エナメルのコンビ靴でセットアップした、厚塗りメイクのマスターが踊り出て『カサブランカ・ダンディ』を唄い出した。会場は一気に、ファンタジーの世界に引き込まれていく。

みなさんはノリノリになり、合いの手を入れていく。熱気に包まれ、マスターの成り切りジュリーのお家芸に、どんどんのめり込ませていく。続いて『勝手にしやがれ』、『ＴＯＫＩＯ』耳を覆いたくなるようなボリュームに、会場をハイテンションに盛り上げて、マスターの役者振りが演じられていった。

ワンマンショーが終わるとマスターは、先輩にあたる千都留さんに、退職の慰労と前座を務めさせてもらった栄誉を感謝する旨の挨拶をした。それから、花束が用意されていた。

みなさんはそのパワーに圧倒され、気持ちが引いてしまいそうになったとき、絹江さんが立ち上がった。

「それではこれから、千都留さんをお送りするカラオケオンパレードといきたいと思います。今日はみなさん全員に唄ってもらって、送ってもらうことにいたします」

絹江さんは手慣れたように、相談することもなく曲の説明を始めた。

「では、千都留さんの定番ソング、オープニングにこれを聞かないとみなさんスタートが切れません」

奈月以外の人たちは承知しているらしく、大きな拍手とどよめきがあがった。

「この歌は、千都留さんの青春の想い出です。あの日に伝えられなかった恋心を抱きつつ、今も唄い続けているのです。それでは『池上線』よろしくお願いいたします」

奈月は耳を疑った。

今朝久し振りに耳にして、とりとめのない思いにさせたあのイントロが、静かになった会場に奏でられている。壁に掛けられたスクリーンには、電車が入ってくるホームに物憂げに佇む女性の姿が映し出されている。このところ聴くことのなかったその曲が、今日に限りまたも耳元で流れている。それに身近な人が目の前で唄おうとしている。奈月はなにか目に見えない、巡り合わせを感じずにはいられなかった。

それにしても、どうして千都留さんがこの曲を定番ソングとして唄うのだろうか。千都留さんの青春の想い出が、奈月の想い出とどうして重なっているのだろうか。年齢差は、ふたまわり近くも離れている。その千都留さんが青春を送っていたころの奈月は、まだ幼かったはずである。爆発的にヒットした曲でもないらしく、そんな以前から唄い継がれて来たのだろうか。古臭さなどは少しも感じさせなかった。

ステージには、背丈のある千都留さんのピーコックグリーンのパーティードレス姿が映えている。小学生のお孫さんもいて、とても還暦を過ぎている人には見えない。背筋を伸ばし若々しささえ漂わせている。

ゆっくりと、しっとりと唄い始めた。その哀愁あふれるメロディーにうっとりした表情で、次第に自己投影していくようである。会場は千都留さんのムードに包まれていく。聴いているうちに、奈月は今朝受けた顔のほてりと、脱力感の入り混じった感触をまた受けていると、絹江さんが傍にやって来た。

「ねえ、奈月さん次に唄ってね」

そういわれても、千都留さんのムードに気後れを感じていた。

「わたしたち初めて参加される人に、まず唄ってもらうことにしているの。よろしいですね」

絹江さんは分厚い選曲本を、奈月の手元に押しあてた。そこに割り込むように、雪絵さんが耳元で囁いた。

「千都留さんはね、まだ昔の想い出を大切にしているのよ。いつもカラオケではこの歌を最初に唄うの。東京での彼との生活を、この歌で偲んでいるみたい。わたしなんてここで生まれここで育ち、どこにも出たことがなかったの。千都留さんのような甘い青春の想い出なんて、なんにもないのよ。こんなドラマを持っている千都留さんって、なんて素敵なんでしょう」

乙女チックな雪絵さんらしい解説を聴かされているうちに、目にうっすらと涙を浮かべて、唄い終わろうとしている。

♪……

……

……

あなたは二度と来ないのね
池上線に揺られながら
今日も帰る私なの

唄い上げたあと目元をそっと指で拭うと、静かに頭を下げた。

「今日はみなさんありがとう。わたしにも歌のなかにある『泣いてはダメだと胸にきかせて、白いハンカチを握りしめたの』なんて、かわいい時代もあったのよ。今では考えられないわね」

一同の笑いを誘って、まだ余韻を楽しんでいるように、ドレスの裾を気にしながらゆっくりとステージを降りた。

次に、奈月に番がまわってきた。カラオケで唄うのは久し振りである。持ち歌が何曲もある訳でもなかった。近頃は新しい曲はなかなか覚えられないでいた。高校生になるころに流行った曲で、これを唄うと大人っぽく演じられそうでよく唄ったものだった。絹江さんが選曲歌を見て、即興で盛り立ててくれた。

「次は、奈月さんの取って置きナンバー『セカンド・ラブ』です。奈月さんは聖子ちゃん派かなって思っていましたけれど、明菜ちゃん派だったようですね。どんなセカンド・ラブの想い出があるのでしょうか。みなさん楽しみですね。がんばってね」

奈月はステージに立つと、間接照明に映し出された面々の姿が、目の前に浮かび上がってきた。友美恵さんの大きなドット柄の濃淡のきいたワンピース。幸代さんのステンカラーにパールピースを縫い込んで可愛いらしさを装ったニットウエア。万理さんの体形をカバーしたフラワードレス。みなさんそれぞれ男性に気兼ねすることもない、女子会ならではの思い切った凝りように、よくお似合いである。

奈月は唄い出しのピッチを計った。

耳もとで澄んだイントロが快く流れていく。会場は静まり、初めての出番に興味深い視線が注がれているようで、緊張が高まっていった。一節一節と唄い進めていくと、その場のムードに乗せられたかのように、自然と酔いしれていく自分がいる。今日の奈月はいつもより声がしっとりと旋律に乗っているのを感じつつ、唄い続けていった。

唄い終わるとスポットライトの眩しさに、ふと恥ずかしさが込み上げてきた。

席に戻ると、幸代さんが声を掛けてきた。

「奈月さん、おじょうずね。今度カラオケに行くときはお誘いするけど、よろしくね」

傍にいた雪絵さんがまた乗り出して

「ファーストラブはやっぱり東京かしら。奈月さんにも、もう一つの池上線物語がありそうね」

その言葉に奈月は的を射たれたようで、一瞬胸を衝かれた。

「そんな、わたしは女子大だったもの……」

思わず打ち消す言葉に、どこかにわだかまりを残した。

「そうかしら、ファーストラブがあって、セカンドラブがあるのですもの。今の感じ出ていたわよ」

へんに自信のありそうな言い方である。今夜はカラオケと聞いていたので、指名を受けたら慌てずしっかりお受けすることが千都留さんへの恩返しになると、心積もりをなん曲か持っていた。まずは、明るく溌剌としたものをと思っていたのが、千都留さんのあまりにも心に沁みる歌唱に、場の雰囲気にそぐわない気がして、急遽選曲を換えてみた。それがこんなふうに取られたのかと戸惑っていると、そこに由美さんが助け船を出してくれた。

「なにいっているの。雪ちゃんは、すぐ歌のヒロインに仕立て上げるのだから。奈月さんのご主人に、怒られるわよ」

「そうね、余計なことをいってごめんなさい」

みなさんはそれぞれをはやし立て、会場の盛り上がりを楽しんでいるようであった。

奈月にも、東京での青春の情景がメロディーに触発されたかのように蘇ってくる。

＊　＊　＊

奈月の東京での生活は、ちょうど昭和から平成に変わるときであった。大学二年生の終わりに平成を迎えたので、四年間のうちほぼ昭和を二年、平成を二年、過ごしたことになる。

アパートは大学生協の掲示板に案内されていた、世田谷線の起点駅である三軒茶屋駅から四つ目の世田谷駅の直ぐ近くにあった。四つ目といっても、一区間が五百メートルほどで、次のホームが見通せるところもあった。駅といえば改札口や切符窓口、待合室が揃った駅舎を思い浮かべるが、ここでは停留所といった趣で、どこもむき出しの筋交いで片屋根を支えている吹きさらし造りであった。各ホームも画一的で、うっかりしていると乗り過ごしてしまうほどである。

この場を決めるにあたって、祖母の一番下の大伯母のいった言葉であった。奈月は推薦を受けられる学校を選んだので、年内に進学先は決まっていた。住まいをどこにするかは、まだ何ヶ所か選択の余地があった。キャンパスは都心にあり、通い易さを条件に東西問わず幾つか選んで実家に持ち帰ると、大伯母が来合わせていた。

「住むところは決まったのかい」と聞かれたので、目ぼしを付けていたところを挙げると、そのなかの一つに直ぐ反応してきた。

「三軒茶屋か。懐かしいねえ。渋谷からチンチン電車に乗り換えて行ったんだ。確か、軍人には優待切符が支給されていたんだ。まだ当時のものは、あるのかなあ。その後、一帯は空襲ですっかり焼け野原になったって聞いているので、昔の物は残ってないだろうねえ」と、意外な話が返ってきた。

「大婆ちゃんは、三軒茶屋を知っているの」と、聞くと「それは良く知っているよ。あそこで爺さんと所帯をもったのだから」と、返ってきた。

母も聞いたことがあるようだった。

それによると
往時、三軒茶屋近辺には陸軍の聯体があって、兵隊さんだった大爺ちゃんは池尻兵舎にいて、そこで新婚生活を始めたという。それから、大爺ちゃんは当時中国大陸の満州といわれたところに転任になって大伯母も着いて行き、その地で終戦を迎えたようだった。そして、大爺ちゃんはソ連のシベリアに抑留されてしまい、大伯母は幼子の伯父さんを連れて、一年掛けてようやく日本に辿り着いたらしい。

のろのろと実家の庭先に立った親子連れのふたり。子供のほうは夏だというのにドロドロに汚れた厚手の上着を着たままで、女性の髪は乱れ煤けた顔で頬がこけ、目だけがギラギラした異様な姿であった。

大爺ちゃんは、さらに三年経って引き揚げて来た。大伯母は引き揚げ時に大変な苦労があったらしく、当時のことをあまり口にすることはなかった。ただ、三軒茶屋での生活はまんざら悪い想い出でもないらしかった。なんでも揃っている市場があって、よく魚を買いに行ったとか、休みになると映画劇場のまわりはお祭りのように人が集まって、賑やかな街だったとかを懐かしむことはあったようである。奈月はそんな関わりに親しみも湧き、住むならわたしも三軒茶屋の傍にしようと迷いなく決めた。キャンパスは、世田谷線で三軒茶屋に出て、地下の新玉川線に乗り換え渋谷に向かい、半蔵門線が直結していたので、そのまま最寄り駅まで行くことができた。

世田谷線の表示は東急電鉄世田谷線となっているが、沿線住人は『下高井戸線』とか、旧玉川電気鉄道当時からの通称名である『玉電』と呼ぶほうが通りがよかった。大家さんのご主人によると、以前は渋谷から三軒茶屋を経由して、二子玉川園方面と下高井戸方面に分岐していたという。昭和四十年代半ばころだったか、渋谷からの国道の路面区間が交通渋滞の煽りを受けて廃線となって、三軒茶屋駅から下高井戸駅までのほぼ専用軌道部分を、新たに世田谷線と称して存続したと聞いている。奈月が通うころには、すでに国道二四六号の頭上に、巨大な屋根を覆うように首都高速道が走り、その地下部分に新玉川線が開通して、渋谷に二つ駅で出ることができた。

世田谷線の車両は二両連結編成で、それぞれに扉が三ヶ所あった。始発駅と終点駅を除くと無人駅で、乗り口は運転手のいる最前部扉か、二両目最後部の車掌がいる扉からで、その他の四扉が降り口専用となっていた。進行左手にある運転台はポールバーで簡単に仕切られているだけの解放式である。計器類や運転手の一挙一動も目の当たりに見ることができた。丸椅子はあるものの、おおかたの運転手は立ったままの運転操作で、初めは馴染みのない光景に映っていたが、車掌業務も兼ねていたので、停車時に身体を返せば直ぐに乗込み客に応じられるので納得をしたりした。

またほかと変わっているといえば、軌道は上下複線となっているが、始発駅と終点駅では入線時にいつの間にか単線に誘導されて、一レーンだけで共用となっていた。到着すると運転席側扉が全開し、降り口専用となった。間もなく扉が閉まると、続いて反対側扉が全開し乗り口専用となった。当時乗務員は男性に限られていた。確かめた訳でもなかったけれど、ラッシュ時は直ぐの折り返し運転となっていたので、適格者なら復路は運転手が車掌に、車掌が運転手に早代わりしていても不思議ではなかったろうと思ったりした。

料金は全線一律で発券はなく、乗車時に車内の運賃箱に入れる前払い方式である。当時は大人百十円で小人六十円であったかと記憶している。つり銭の必要な場合は、運転手か車掌に手渡してもらうことになっていたが、乗客は生活の足として利用している人がおおかたのようで、まごつく人もまずいなかった。

外観はグリーンの車両で、運賃箱もロングシートのモケットも同色で統一されていた。ときには三軒茶屋から二つ目の若林駅から松陰神社前駅へ向かう登り勾配を、難儀しているかのようなモーター音を唸らせながら、板張りの床下から足元に振動が届いてきて、故郷のローカル線を思い起こさせたりした。

ほかに、和む思いといえば車両だけでなく『信号待ちをする電車』として、よく話題にされる光景である。

若林駅手前で、環状七号線の道路が軌道面を断ち切るように平面交差をしている。ここだけが路面電車の名残を残しているところであった。そこを横切るには電車のほうが道路優先の信号に従わなくてはならなかった。運転手は軌道信号がオレンジ色の矢印に変わるのを待って、チンチンと出発を告げる鐘を合図に左右を確かめながら、あたかも止めた自動車や待ち人を気遣うかのように、そろりと通り抜けるのが微笑ましくもあった。

アパートは大家さんが一階に住み、二階にユニットバス付き一Kの部屋を三つ並べた女子専用で、お目付け役兼管理人となっていた。奈月が入居したときの住人は、一学年上の三軒茶屋駅から歩いて行ける女子大生と二学年上で渋谷のキャンパスに通っている人だった。直ぐに仲良しになって夕食に惣菜を分け合い、寄り合ったりした。

奈月の部屋の窓から少し乗り出すと、通る車両のパンタグラフと屋根の部分が見え、路地先にある踏切の警報音が甲高くよく鳴っているのが届いていた。

入学して間もなく、第二外国語で編成された学部横断のクラスのなかで、一人だけ世田谷線を利用している人がいるのを知った。秋田県出身の三浦詩織さんである。詩織さんは講義にいつも早く来て、一番後ろの席でぽつんと離れて開講までイヤホンでサウンドに耳を傾けている人だった。奈月も積極的にみんなの輪に加わる性格でもなく、席も離れていたので気になりながらも声を掛けることもなかった。そんな日をしばらく送っていたある日、三軒茶屋で街ぶらをして、世田谷通りと玉川通りに分岐する三つ辻で信号待ちをしていると、不意に挨拶をされた。詩織さんだった。今、駒澤大学駅の傍にある中古レコード店に行って来て、帰りは歩いて来たらしい。これから、もう一軒そこのレコード店に寄って行くという。誘われた訳ではなかったけれど、世田谷線仲間のような親近感があった。奈月もレコード店に興味があったので、付き合わせてもらうことにした。詩織さんは欲しいアナログ盤があるのか、あなたはあなたで好きなように見ていてというかのように、一心にジャケットを確かめながらボックスのなかを捲り続けていた。

これを機に、お互いまわりに知る人もなく心細くもあったので、どちらからともなく席を並べるようになった。それからは帰りが一緒になると、三軒茶屋の商店街をぶらぶらと巡り、ときには渋谷で一時下車して時間を過ごすこともあった。

詩織さんは東北人特有の色白で切れ長の目が心持ち上がり、きりっとさが奈月にない思い切りのよさがありそうで、そんなところにも引かれた人だった。話し言葉や物腰はどこか気品が漂い、しなやかな体形はどおりで剣道の有段者であるという。

まもなくして、詩織さんの下宿先に遊びに行くことになった。

世田谷駅から下高井戸駅方面に乗るのは初めてだった。次の上町《カミマチ》駅は、思いのほか近くにあるのは分かっていた。世田谷駅から一直線に伸びたレールの先に、進行を妨げるような位置にホームがはっきりと視認されていたからだった。車窓からはせいぜい二階建てのアパートが大きな建物に見映える低い家並みが、息苦しいほど肩を寄せ合いながら続いていた。

会話を交わす間もなく、たちまち下りホームが迫って来た。ホームは予想通り右カーブのライン上にあるので、前方からはレールの正面にあたるのが見て取れた。そのとき、運転席の右後ろから爪先立ちをして前方を見詰めていた子供が「電車が見える」と、大きな声を上げた。奈月は上り車両が交差するのだろうと受け止めた。そこを過ぎると、さらに強い湾曲を描きながら、進行方向を西から北へと変えて、差し込む陽差しに影をつくった。きつい揺れに気を取られていると、軌道左脇にいつものグリーンの車両がこんなにもあったのかと、重なるように留め置かれた操車場が目に入った。先ほどカーブを曲がったところで、子供がこの車両を見付けたのだろうと、このとき分かった。場内では水色の作業服に黄色い安全帽を被った人たちが、車両に貼りつくように身体を伸ばしながら柄付きモップを機敏に操って、清掃に勤しんでいるのが望見された。こんな場景を見るまでは、限られた車両で往来しているとばかり思っていたので、何台もの控え車両を抱えてここで検車しながらやり繰りを保っているのかと知ると、世田谷線の新たな一面が見られて、さらに身近さを覚えたものだった。

次の駅に向かうところになると、これまでと違って明らかに住宅の建て込み具合は緩和され、植え込みのある庭を取った戸建て住宅が散見されるようになった。並走する道路も幅広になり、濃い樹林の緑がそこここに目に付くようになっていた。

下宿先は終点駅の一つ手前になる松原という駅であった。

駅に近付くに従って、これまでなかったマンションだろうか中層のモダンビルが建ち並び始め、周辺では新たな住宅地を形成しているふうにも思われた。ただ、駅前に面した通りには商店街もないようで、踏切を越えたところに食品スーパーが目に付くだけであった。そこを過ぎて横道に逸れると、高級ともいえる住宅地のなかに雑木林や広く取った空地スペースがあったりした。また、農家の佇まいを残す門構えの木造家屋が何軒か残っていて、果樹園や野菜畑が残されていたりした。駅周辺を少しはずれただけで、まだ都市部から距離をおいた長閑さも残していた。あとで詩織さんからの話としては、同じ松原地区でも明大前駅に至る井の頭線界隈は戦災で焦土と化したけれど、ここ世田谷線沿いは奇跡的にも免れ、昔の風情が残されていたようであった。

大家さんとは、それまで交流が途絶えていた家であったけれど、遠い親戚筋にあたるらしく、家族同様に接してくれるので有りがたいともいっていた。通学には新宿経由でもいいけれど、構内の乗り継ぎの手間や混雑振りなどを思うと、世田谷線を利用して三軒茶屋経由にすることにしたという。

部屋は、ゆったりとった庭先の一隅に建てられた一部屋だけの独立した家だった。以前は娘さんの勉強部屋としていたところを、リフォームしてくれてバスやトイレも備えてあった。こんな貸し部屋もあるのだなあと、奈月は感心した。

部屋に入ると、壁にいかにも音楽が好きと意思表示しているかのポスターが幾枚も貼られていた。奈月はそのなかでも、リチャード・クレイダーマンの横顔のイラスト画がモダンな感じで目に付いた。上がり端の正面には、腰の高さまであるスピーカーを両脇に据えたオーディオプレーヤーが、部屋の主であるかのように収まっていた。

奈月が高額そうなオーディオに興味を注がれていると「奈月さんは、どんな音楽が好きですか」と、聞かれた。

「どんなって、と、いっても。ごく一般的なもので。でも、音楽は好きです」と、専門的な知識がありそうな詩織さんだったので、どこかおぼつかなく、くぐもって応ずるより仕方がなかった。
詩織さんが
「わたし、クラシックのような厳粛で厳格なのは、ハードルが高くて駄目なの。ジャンルでいえば軽音楽ってところかな。ロックもジャズもポップスも軽音楽であるけれど、あえていえばイージー・リスニング系の軽音楽というか。たとえば、サンタナとかイーグルスとか透明感のあるメロディーが好きなの」
そういったので、奈月は思わず
「わたしも、好きです。ポール・モーリアも」と、いうと
「ポール・モーリア。いいわね。イージー・リスニング界の第一人者ですもの。イージー・リスニングといって、直ぐ通じる人は今まで奈月さんが初めてよ。奈月さんもよく聴いているようね」
奈月は特別な知識がある訳ではなかった。
ポール・モーリアのベストアルバムを持っていて『恋はみずいろ』、『エーゲ海の

真珠』、『オリーブの首飾り』など、メジャーな曲を好んで聴いていた。そんなアルバムのジャケットやラベルのコピーとして、よく『イージー・リスニングの定番』とかが載っていて、イージー・リスニングってなんだろうと気になっていた。

「わたし、本当はイージー・リスニングって、言葉は聞いているけれど、どんな意味かよく分かってないのです」と、このときとばかりに打ち明けた。

「イージー・リスニングって、簡単にいえば、気楽に聴くことのできる軽音楽ってところかな。わたしはこの部屋にいるときは、いつもBGMとして『ホテル・カリフォルニア』とか『哀愁のヨーロッパ』とかも流しているの。その人にとって、リラックスして癒されるサウンドが、イージー・リスニングである訳よ。奈月さんとわたしと、好みが似ているのかもしれないわ。ここは、母屋と離れているでしょう。音楽を流していても、あまりまわりを気に掛けることもないの。その点、気に入っているところなの。なにか掛けてみましょうか」といいながら、ラックから音盤を取り出した。

「これ最近、気に入っているの。レイモン・ルフェーヴル。奈月さんどうかしら。ポール・モーリアが『ラブ・サウンドの王様』なら、こちらは『ラブ・サウンドのシャルマン』と、いわれているの。けっこう日本でも演奏会を開いているようよ。機会があったら是非行ってみたいと思っているの」

そういいながら、プレーヤーに差し込んだ。

「これ、高いのでしょう」

奈月は機材を前にして、気になってつい聞いてしまった。

「そうね。東京に来てから揃えたのよ。入学祝いのお金がちょっとまとまったので、それに貯金を加えて。買える範囲よ。先輩に教えてもらったのだけれど『5・3・2の原則』があって、2がプレーヤーならアンプが3、スピーカーが5って、お金を掛ける割合らしいそうよ。スピーカーは音の出口として最も個性が表れる機材なの。だから、スピーカーをもう一つランクを上げておきたかったけれど切りがないし。微妙な高音や澄み具合とか深みの音の響きとか、わたしにはそこまで聴き分ける音感があるとはいえないし。予算内で収めるよりないのよ」

奈月のラジカセとは違う部屋全体を包み込んで、身体の芯までメロディーが響く感触を味わいながら、しばらく聴き入っていた。

詩織さんはシャイな人かとこちらも構えていたけれど、話してみるとそうでもなかったことが、奈月には嬉しかった。

それから、帰りのこと。

三軒茶屋行に乗って一つ目の駅で、一団が乗り込んで来た。行くときに車内アナウンスで乗り換えを案内されていた、小田急線が立体交差する山下駅であった。

車内の座席は先に乗り込んだ人で、ほぼ埋まりかけていた。そのなかに「よっこらさ」と、声を掛けてあとから乗って来た老婆が中央部まで進み、降り口の手摺りに身体を預けて立ち止まった。奈月にはなんでもなくても、年配者には蹴上げの高いステップはきついだろうと思ったりした。奈月は直ぐ横の席にいたので、老婆に席を譲ろうと立ち上がろうとした。そのときに、斜め前の席に座りかけた若者が老婆に気付いたらしく、振り向きざまに機敏な動作で歩み寄った。

「どうぞ」

それだけいって手を差し出した。

「おお、ありがとう。わたしは直ぐ降りますから」

遠慮がちに返す老婆に、若者がさらに
「いや、ぼくも直ぐ降りますから、どうぞ」と、続けた。

老婆は頷くと、足元をもつれがちによろよろとして、後ろの席に尻もちをつくようにどっしりと腰を下ろした。若者は換わって老婆のいた手摺りに手を掛けて、窓越しに外に目を向けていた。老婆は言葉通り二つ目の上町駅で、若者に頭を下げて降りて行った。奈月の駅はその次であった。若者が直ぐ降りますからという言葉に、きっとこの人も同じ駅だろうと思いながら、ふと気付いたことがあった。老婆が降りたホームに相対してあるのは、行くときに印象深く見た、あの操車場だけであったからだった。反対ホームはいったいどこにいったのだろうか。通り過ぎてしまったのだろうか。

それにしても不思議な思いにさせられながら、留め置かれた車両群に目を送っていると、大きく左に旋回したその先にホームが現れたのだった。これまでどこの駅もホームは向かい合っているものと思っていたけれど、そうとは限らないようであった。また、世田谷駅ホームから手に取るように見える上町駅のホームは下りだけで、上りホームはスロープに隠れているのだろうと想定していたが、そこには元々なくて操車場のほうにずれていたのを知った。来てみなければ分からないことだった。

電車は世田谷駅に停まった。

奈月は降りる支度をしたが、若者はそのまま身動きをしなかった。奈月は心のなかで『なあんだ、三軒茶屋まで行くのか。それならやっぱり、わたしのほうが譲ってやればよかったのに』と、思ったものだった。

一年時は、毎日のように教養課程の授業が詰まっていた。大学に入ればもっと自由な時間が持てると思っていたけれど、必修科目も多く出欠も厳格に取られていた。いつものように三軒茶屋駅に向かって窓越しに外を眺めていると、二つ目の若林駅の反対ホームに若者が立っているのに目が留まった。あの人、どこかで会ったことがあると直ぐに分かった。通学途中であったのか、三軒茶屋の商店街だったたか、その場を辿ってみても思い起こすことはなかった。東京に来て気に留めるような異性がいるはずもなかったが、確かに会ったことのある思いは揺るがなかった。すっきりしない気持ちで過ごしていたある日、また、同じホームにいる若者の姿に目がいった。そのときになって、詩織さんの部屋に行った帰りに老婆に席を譲った、あの若者であることが思い浮かんだ。

そうなのか、あの日はここで降りたのか。そう思うと、なぜか安堵した気持ちになった。短髪でボーダーのTシャツやスニーカーの自由な身なりからして学生ではないかと、勝手な想像をしたりした。

それにしても、数いる人のなかから若者を見付けるなり、あの人はどこかで会ったことがあると、強い思いをさせたのはなんなのだろう。あの日は若者と話を交わした訳でも、正面から見据えたことでもなかった。顔の印象など心に留めるほどでもなかったはずである。通りすがりのなんでもない出会いであっただけなのにと、自問しても妙に思えてくるのであった。

それ以来奈月のなかで、若者の姿が気になる存在になっていた。電車に乗るたびに、若者の立ち位置がよく見える一両目の中央扉にもたれながら、外を眺める日々が続いていた。しかし、いつも出会うことはなかった。思えば故郷のように、朝夕でも二十分置きのダイヤという訳ではなかった。ここでの通学時間帯は、五分たらずの間隔で発着を繰り返している。たとえ一、二便前後したところで授業に間に合うように、都度来た車両に乗れば済むことだった。このままでは会う機会が得られない不安があった。それで会えた日の時刻を思い起こし、次の日もそれに合わせて乗るように努めた。しばらくして、ホームに立つ曜日もある程度決まっていることも気付いた。あたかも奈月だけのゲームを楽しむような感覚であった。予想があたったりすると、ささやかながら幸せを覚えたり、期待に反するときなどは、その日一日が沈みぎみになったりした。

奈月が車内から窓越しに胸を焦がして見詰めていることなど、ホームの若者に伝わるはずもなかった。

そんな日々が、数ヶ月過ぎて行った。

奈月には若者に近付く手立てのない無力さを感じながら、学校と下宿を行き来する単調な生活を過ごしていた。

学校では創作童話のサークルに入っていた。会則で、年に一話は自作を発表することになっていた。夏休み前に素案を顧問や仲間から総括指導を受けて、休み中に物語を仕上げ、明けの合評会を経て原稿提出が求められていた。それを秋の学園祭までに文集として上梓するのが、前期の主な活動日程となっていた。その他には、週二回の定期勉強会で前年度の創作童話の優秀作品のなかから、グループ分けした仲間たちと、構図を決めてそれに見合う絵柄を画紙に描き、幼稚園で紙芝居仕立ての読み聞かせ会を数ヶ所で催すことであった。また、クラブ間協定で要請があれば、児童クラブの手伝いを土曜日の午後に、近くの公園や公民館で子供たちとゲームや工作、探検ごっこの相手をしたりすることであった。どちらかといえば創作童話の制作を除くと、仲間づくりが重点の緩いものだった。

あの若者とのホームでの出会いに、悲喜こもごもしているだけの日々は続いていた。そんななかで、夏季休暇を迎えようとしていたある日、中高で一緒だった由里子ちゃんが三軒茶屋の近くにいると、人伝てに耳にした。東京に出て来た者同士、住所交換をして連絡を取り合うことにしていたが、グループが違っていてそのままになっていた。住所録では目黒区東山となっている。てっきり東横線沿線とばかり思い込んでいた。連絡をしてみると、通学には同じ新玉川線で池尻大橋駅を利用しているという。

地図で確かめると、目黒区といえ確かに三軒茶屋に歩いて来られる圏内にあった。さっそく会う約束をすると、由里子ちゃんお気に入りのお店を紹介してくれた。お好み焼き屋ながらサイドメニューの釜飯が評判のお店である。高校ではバスケで鳴らした由里子ちゃんらしく、日焼けした顔で颯爽と現れた。女子ラクロス同好会に入ったというけれど、奈月には初耳の言葉でもあり競技でもあった。

「わたしも入学して、初めて知ったのよ。まだ、日本に入って間もないみたい。今は同好会としての活動だけど、部活動に昇格するよう働き掛けをしているの。活動の範囲も限られているし、活動費の助成金が部活でないと駄目なの。それには、人集めと実績をつくらないと。これまでインドアであったでしょう。今度はグラウンドで思い切り走りまわるのがないかなって思っていたら、この競技に出会ったのよ。スティックの先にある網でボールを拾ったり、パスを相手のゴール目がけてシュートしたりして、見ていてもスピーディーでエキサイティングなの。まだコーチ陣も揃っているとはいえないけれど、まわりで誰もしていない競技って、興味が湧くわ」

由里子ちゃんは話しながらも気持ちに熱が入っているのが、奈月にも伝わってきた。

それからバッグに手を伸ばすと、数葉の写真を取り出した。

「これ見て。話してもよく分かってもらえないので、写真で紹介することにしたの」

そういって写真を目の前に置くと、さらに喋り出した。

「このヘッドの網の付いたスティックをクロスというの。カトリックの司祭の持つ杖が似ていて、ラクロスっていうらしくて、それが競技名の由来らしいの。ルーツはカナダの先住民の神聖なゲームとか。これがボールでゴム製なの。ユニホームは、ミニスカートとポロシャツでこんな感じ。決まっているでしょう。部員が全然足らないのよ。だから、学内ではいろんな人に声を掛けているのだけれど。わたしも一年生ながらレギュラーの一員なの。身体への接触はファウル。競り合ったときの身体の返しなんか、バスケに通じるところもあるし」

由里子ちゃんは、この競技にのめり込んで楽しくてしょうがないらしく、息遣いまでもが伝播してきた。

これから長野で合宿があって、続いて他校と合同の新人キャンプに参加することになっているので、お盆に一時帰省するだけだという。

それから、奈月とは疎遠になっている級友たちの近況について話が及んでいった。なかでも特異な書道学科に進んだ登美江ちゃんは、すでに大学を辞めたという。高校では書道部の部長として一目置かれ、県クラスでは常に入賞する腕を持ち合わせていた。奈月は大学のサークルではなく、専攻学科があることをそのとき知った。書道では名門大学だけに全国から選りすぐられた人たちの集団で、入ってみると自分の感性や技量のなさを思い知らされ、意気消沈してしまったらしい。まだ、転籍もできるのにと慰留されたが、やはり来年出直すことにしたようだ。

またクラスの誰もが驚いたのは、北海道の畜産学部に進んだ小林妙子ちゃんの話になった。そういえば高校に入ったころ、ホームルームで将来の夢についてフリートークしたときがあった。初めはそれぞれ、幼稚園の先生やブティックのお店を持ちたいとか介護福祉士など、現実味のあるものが挙がっていた。それを都度、先生が黒板に書き加えていった。そのうち勢いづいてか、高望みと自他思いつつも、キャビンアテンダントや一流企業の社長秘書、ファッションデザイナーなどヒートアップして、そのたびに仲間の哄笑を誘い、賑わいをみせていた。そのなかで妙子ちゃんは真っ直ぐ見て「牛をカウことです」と、宣言するように発言した。先生が『カウ』の意味が分からず、少し迷いながら黒板に『牛を買う』と書いてから、直ぐ気が付いたようで「ごめんなさい。こっちですね」と、いいながら『飼う』と、書き換えた。そして「牛を飼って育てるのですか」と返すと、はっきりと「育てて、乳を搾るのです」と応えた。その場の雰囲気では唐突な感じをうけて、一瞬誰もが顔を見合わせその場から笑いが消えたのを思い出す。夏休みでも生き物相手で休めないので、帰る予定はないとのことだった。あのとき、奈月は夢をなんと応えたのか。たぶんしっかりした目標を立てていた訳でもなく、思い付きで看護師か栄養士と応えていたと思う。聞いてみれば、妙子ちゃんは小学校の体験学習で畜産試験場の牛舎での掃除や餌やり、子牛への授乳、それに搾乳など一連の体験をしたことがあった。そのとき強い関心を持ち、中学生ではすでに進むべき道を決めていたのだという。思えば、奈月も同じ体験学習に参加していたものの、先生の指示に従っていただけで、これといった印象も残していなかった。

「まわりに関係者がいる訳でもないし、本当にその道に進むとは思わなかったわ。しっかりとした目標があるからこそできることで、勇気のいることよね」と、由里子ちゃんが妙子ちゃんを称えた。奈月も同調しながらも「わたしにはこれといったものも、勇気もないので恥ずかしい」と、嘆息すると

「奈月ちゃんには、歌留多があるじゃない」そういってくれた。奈月が「本当の歌留多取りではないし、今はそんな力はないわ」と、いうと「歌留多クイーンには、なかなかなれるものではないわよ。校内の認知度でいえば県体で入賞することよりずっと高いわ。誰もが知っている競技なのだから」と、慰めてくれた。

確かに校内で、今年のクイーンは誰々と話題にされたし、知らない子でも、あの人がクイーンの人と指されることもあった。奈月は、中学一年生のときに学年優勝をして、二年と三年生で学校クイーンを連続して獲得した。連覇した人は、五年振りの快挙だった。仲間たちから称号は、いつまでも肩書きのように着いてまわっていた。

歌留多とは郷土歌留多のことで、県内ゆかりの人物や歴史、名産、地理などを幅広く詠み込まれているものである。早い子は四、五歳になれば、取り札の頭文字が読めなくても絵柄で十分参加できたし、小学生になれば、遊び心で四十四枚の詠み句をそ

らんずることもできた。冬休みが近付くころになるとお正月の大会に備えて、家族のあいだや地区の公民館で熱のこもる練習を重ねたものである。

奈月は中高でテニス部に入っていた。部活を休むことはなかったけれど、レギュラーになるには程遠く、下級生に追い抜かれても自分の力を認めることができた。ただ、歌留多取りだけは幼いころから負けたりすると、不機嫌になり悔しくて泣いて騒いだり落ち込んでしまったりしたものである。まわりの子が「奈月ちゃんは、歌留多取りになると断然目付きが変わるのね。どうしてなの」と聞かれても、どうしてなのかは自分でもきちっと説明ができなかった。ただ、いつまでも「分からない」では大人げない気がして、あるときから「そこに歌留多があるからかな」って半分茶化しながらも、半分は本気で応えることにしている。歌留多を前に相手と対峙すると、気持ちがしゃんとなってなぜか駆り立てられることは本当であったからだった。

郷土歌留多は県外までは知られたものでなくローカル競技であるので、とても得意技と自慢できるとは思ってもいなかった。

久し振りに故郷の友達にも会え、仲間の近況も聞けて楽しく過ごすことができた。

お好み焼きも美味しかった。上がりに食べた釜飯も評判通りで、今度、詩織さんにも紹介してあげようと思った。

その帰り道、涼しい風に誘われてアパートまで歩けるところまで歩いてみたい気分になった。暗い路地裏を避けて、街路灯の灯る世田谷通りに出た。ぶらり行くと、商店街が途切れるところに、明かりに照らされた縞模様のトンガリ屋根のクレープ屋さんが目を引いた。前まで来ると、甘い香りに誘われた。間口は狭いながら奥行きがありそうで、テーブル席が見えた。出窓になっている調理場から、通りからでも受け渡しができるようになっていた。声を掛けると店員が奥から出て来た。奈月は頭上に掛かるメニュー表を見て、注文しようと店員に目を向けた。その瞬間あまりの思い掛けなさに、身体が強ばるのを覚えた。そこにいるのはまさしく、胸焦がしながら眺めているだけの下りホームのあの若者であったからだった。奈月は不意を衝かれ声を発することがためらわれた。口元に手をあてて、無意識のうちに顔を隠すようにしていた。

若者と奈月のあいだで、ほんのひととき静寂の間ができた。

「はい、なににしましょうか」

若者は明るい声で注文を取った。

「は、はい」

奈月はただ、若者に虚ろな眼差しを向けたままでいた。

「決まりましたら、どうぞ」

せかすでもなく間を置いて、また若者が声を掛けた。

「はい、チョコバナナで」

口ごもりながらも、ようやく応えることができた。

「お持ち帰りですか」

奈月は小さく「はい」と、頷いた。

若者が手際よく生地を焼くのを、顔を上げられず手先だけを見続けた。

「はい、お待ちどうさま」

若者はクレープを渡し、精算を済ますと「来週、周年セールをしますから、よかったらお願いします」と付け加えて、サービス券を手渡してくれた。

奈月はそれが若者との繋がりを再び持たせてくれると思うと、道すがら晴れやかな気分にさせてくれた。それからは、また行く理由ができたとなんども小さな紙片を見て、待ち遠しく日々を過ごしていた。

翌週、授業があけると勇んで店に足を向けた。まず、若者がいるかが気になるところであった。先週寄ったのは店を閉める間ぎわであった。昼間もいるだろうか。不安な気持ちを抱きながら、もし違う人なら今日は通り過ぎてしまおうか、などと窺いつつ歩んで行くと、一段高くなった調理場には明らかに若者の姿が認められた。店の窓枠に沿って小さな万国旗が掲げられて、サービスデーを盛り上げていた。店前には何人かの先客がいて、順番が一人ずつ近付くに従って、足元に痺れる感触をうけていた。

「いらっしゃい。はい、なににしましょうか」

前回と同じく、明るく声を掛けられた。

その日は予め好みの品を決めていた。注文に合わせてサービス券を差し出すと「いつもご利用ありがとうございます」と、常連さんの扱いでまた声を掛けてくれた。奈月は、若者の巧みに生地を延ばす小手先の動きを見詰めていた。

クレープを受け取り精算しようとしたとき、サービス券はここで出せばよかったのかと気が咎めた。奥には年配の女性が忙しく応対しているのが見て取れた。若者とは通りいっぺんの言葉を交わすだけであったけれど、会えただけで十分な気持ちになった。

それから夏休みを故郷で過ごすと、あの若者に気を掛けながら世田谷に戻って来た。そして、いそいそとクレープ屋さんを覗いてみると、若者の姿があった。緊張しながら注文すると

「久し振りですね。休みは故郷《クニ》に帰っていたのですか」と、問い掛けられた。

奈月は自分のことを気に留めていてくれたのかと思うと、胸が騒いだ。

授業も始まり、童話の資料を探しに世田谷図書館に行った帰りのこと、松陰神社前駅の直ぐ脇にある書店に寄ろうと商店通りに向かって行くと、後ろから声を掛けられた。

「いやあ、こんにちは」

振り向くと、若者が少し離れたところで白い歯を見せて立ち止まり、遠慮気味に胸

元で掌をかざしている。

「あ、クレープ屋さん」

奈月はどうしてここで出会ったのかと、ぽかんとしていると
「そこの区役所に行って来ました。住まいは近くですか」

若者は、礼儀正しい口調で尋ねた。

「はい、世田谷駅の踏切の近くです」

「わたしは、環七通りを超えたところです」

その言葉に、奈月は思わず口走ってしまった。

「ええ、知っています。いつも、若林駅のホームで見掛けていますから」

「ああ、そうですか。よく分かりましたね」

そう返されて、奈月はなんて余計なことをいってしまったのだろうと、悔やむ思いがあった。今の言葉は、今までの胸のうちを現してしまったようで、その図々しさに恥ずかしさが込み上げ、赤面する思いにさせられた。

若者は別に気に留めることもなく、口元をほころばせていた。

「また、お待ちしています」

若者は、丁寧に頭を下げた。

別れてからも『また、お待ちしています』の言葉が、繰り返し耳元に残った。これだけのやり取りであったけれど、個人的な会話を交わせたことで、なぜか若者との距離を縮められた思いがあった。

これを機に奈月はこだわりも薄れ、ときどき遠回りをしてでもクレープ屋さんに寄り、話を交わすようになった。

それから若林駅の下りホームの若者は、三軒茶屋行の電車の扉越しに奈月がいるのを気付いてくれた。控えめに手を振ると、奈月だけに分かる仕草で手をかざして返してくれた。

奈月がクレープ屋さんに顔を出す四時ごろは、客足の遠のく時間帯でもあった。五時過ぎにオーナーの奥さんが出勤するまで、一人店を任されているらしく、まわりに気兼ねをすることもなかった。次第に打ち解けていき、互いの身の上を少しずつ触れるようになった。

名前は垣田尚太。話し振りから、二つ三つ年上の人と思っていたけれど、意外にも同学年で誕生月は奈月のほうが二ヶ月早かった。大学は山下駅から小田急線に乗り換えて、通っているという。将来的には、資金を貯めてアメリカに留学し、できれば海外で生活をしたい、そんな夢を語ったりした。その資金稼ぎに休みも故郷に帰らず、バイトをしているとのことであった。奈月に比べ思いの丈の熱い人で、なにごとにも親の仕送りに甘んじている自分の至らなさを、痛感させられたものである。またそれ以上に、専攻が理系の情報科学と聞かされて、本来気難しい人かも知れないと、少し気後れを感じる思いもあった。

そのうち、やり取りのなかで共通する話題に出会った。前年放映された青春テレビドラマのファンで、奈月も欠かさず見ていた番組であった。

隅田川に架かる清洲橋を挟んで、ツアーコンダクターとフリーライターの恋人同士が向かい合って住んでいる、トレンディードラマであった。奈月は、都会ならではの若者たちの自由奔放さに、憧れを掻き立てられていた。

尚太が「男性のマンションなら、行けば分かるだろう。あそこまで行けば、同じ東京でも汐の香りがするだろう」とか「近いうちその続編が放映されるので、楽しみにしているんだ。店を閉め次第、真っ直ぐ帰ろうと思っている」などと話が盛り上がり、たわいない時間を費やしていた。

尚太と初めて出掛けたのは、まだ渋谷道玄坂にあった東宝会館に『竹取物語』の映画を観に行ったことだった。尚太はなんでも、これまでの邦画にない特撮を施した映像に興味があるといった。奈月は「トクサツってなんなの」と、聞いたり「それ、アニメなの」などと、ちぐはぐなやり取りをしてしまったけれど、尚太が「キャストが揃っているんだ。昔話のかぐや姫なら知っているだろう。それにSFを加えたところが新しいところなんだ」と、説明してくれた。

こんなわたしにも話を合わせてくれているので、思い切って奈月も観たいと声を掛けると、同意してくれた。この人の隣にいるだけで楽しい気持ちになった。

館内は若いカップルが目立っていた。奈月は尚太の隣にぎこちなく腰を下ろした。

その帰り、東急通りを散策してからスペイン坂の交差地にある、ちとせ会館でお相伴にあずかった。
「映画はどうだった」と聞かれて、また拙いことはいえないなと緊張しつつ
「かぐや姫の話はよく知っているし、それに添ってストーリーが進んで行くのでよく分かった。特に馴染みの俳優さんが次々に現れて面白かった。なかでも、かぐや姫の十二単衣の姿は絢爛豪華で、今まで見た映画のなかで衣装が一番綺麗に思った」とだけ、遠慮がちに応えた。
尚太は黙って頷いてから
「かぐや姫が竹から産まれなくて、火球《カキュウ》が竹林に落下してそこから出現したのはいいとしても、クライマックスといえる部分で、未知の物体が迎えに来るだろう。アップになると、どうみてもギラギラしたいわゆる宇宙船なんだ。そうだとすると、かぐや姫は何者だったのかと思うと、ちょっとイメージが違ってしまったなあ。でも、映像は確かに綺麗に仕上がっていた。鮮やかな王朝美がくまなく出ていて飽きることはなかったし、竹林の波打つ光景や濃淡の微妙さは素晴らしかった。映画はなんでもありでいいんだ。自由さが大事なんだ。ただラストの場面で、かぐや姫が昇天していく姿

に、皇后が『この世にあろうことのない幻を見ているのでしょうか』って呟くところで、帝が『いや、そうではない』って遮ってしまっただろう。そして『人間はまだまだ、知らないものがあることを知らねばならないのだ』と、まどろっこしい言い方が言い訳にも聞こえて、肝心なところがしっくりこなかったんだ。産まれたのが謎の火球からだったので、結末のシーンがそうなったのだろうかなあ」と、いわれた。

奈月は『わたしは、そんなに細かいところまで観ていなくてごめんなさい』と、心のなかで呟くだけで表では頷くだけにした。

尚太は続けて

「小学生のころ兄貴が東京にいて、休みに遊びに来たときに映画に連れて行ってくれたんだ。そのとき観たのが『未知との遭遇』という映画で、そのスペクタクルさに衝撃を受けたんだ。やはり東京は違う。こんな凄い映画が観られるのだって。『未知との遭遇』も、未確認飛行物体が地上に現れ、異星生命体と地球人が接触するんだ。そして、最後に飛行物体が迎えに来るところなんて、ストーリーは似ているなあと。ハリウッド映画は、もうずっと前にこんな空想科学作品を制作しているんだ。これを見比べても意味はないけれど、日本もこれからこんな技巧を駆使した映画が次々と制作されていくといいよ。やはり、かぐや姫は幻想な世界にあって、天人に迎えられて月の世界に昇天していく精霊の存在であって欲しかったよ」

尚太は語り掛けるように言葉を続けた。奈月はなにか返答をしなければならないのかと、少し重い気持ちになって口をつぐんでしまった。

そこで話を変え、気になっていることをここで聞いてみようと思った。

「一つ聞きたいことがあるのですけれど、いいですか」

「なんだい、かしこまって」

奈月が硬い表情で唐突にいい出したのに、尚太は陰った表情をした。

「映画の話ではないのだけれど、いいかしら」そういってから

「松陰神社通り商店街で声を掛けられたとき、わたしは離れたところで、それも背中を向けていたでしょう。なのにどうして分かったのかと思ったの」

奈月は尚太と映画を観る約束をして、早くこの日が来るのを望んでいながら、どこか気掛かりなことも胸のなかに淀んでいた。東京での生活を始めて間もなく、若林駅

ホームで見掛ける若者に奈月の思いは自分だけで熱を上げていた。それが若者の突然の出現に、面くらいながら繋ぎ留めようと言葉を交わすまでになった。奈月は部屋に戻ると、自分が一方的な思い入れをしているのではないだろうかと思えてきた。尚太の本当の気持ちはどうなのか、計り予ねていた。まだ、お互いに上辺の世間話をする程度なのに、二人だけの時間をこうして過ごすことにためらいが湧いてきた。

奈月は声を掛けられたことで若者を身近に感じるようになり、その気軽さにお店に寄るようになった。お店の人がお客さんに親しく迎え入れるのは、普通のことではないのか。それに、お店の外で見掛ければ、快く声を掛けてくれる。それも自然のなりゆきではなかったか。それなのに、奈月は自分に特別に声を掛けてくれたものと、独り善がりになっていなかったろうか。人には社交辞令というものもあるだろう。そんな思いがさらに映画を観ながらも、尚太を意識しつつ頭の隅に潜んでいた。

尚太はこともなく返した。

「なんだ、そういうことか。今日はどうかなって思っていたことがあるんだ」

もっと立ち入ったことでも聞かれるのかと思ったらしく、安堵した表情を浮かべた。

「それ、どういうことですか」

奈月は尚太の返事に、自分の質問と結び付かなかった。

「いや、ちょっと変なことをいうようだけど、サロペットの服装の子には、なぜか気になるんだ。東京に来て、あまり出会うことがなかったから。あの日も遠くからでも目に留まったんだ。店に寄ってくれる、あの子と直ぐに分かったんだ」

奈月は確かにサロペットのキュロット姿でいたのが、思い起こされた。いわれてみれば今日の着こなしも入れ込むところがあって、サロペットを手に取った。違っているのは、フレアスカートにしたのがせめてものことだった。尚太の話に、今日の装いも見透かされていたのかと思うと、まったく気にしていないところに異性の目が注がれていたことに、気恥ずかしさを感じるものがあった。

私服であった小学生のころは、テストや遠足、発表会などの日には、決まってサロペットを選んでいた。それは大学生になり、また私服で通すようになった今も、なにかと変わらぬことであった。奈月のファッション感覚は、いっこうに成長をしてないと自覚していた。

サロペットを選ぶのには、奈月なりの理由があった。

胸当てがあるとなぜか安心感を与え、落ち着かせてくれるからだ。それに合わせるのに、ブラウスでもTシャツやセーターでも、素材と色合いをコーデするだけで、ガーリーにもフェミニンにも簡単に着こなすことができるところが、気に入っていたからだった。

それにしても尚太はどうして、サロペットにこだわるのだろうか。男性にしてサロペットという言葉自体も、よく知っているのだろうか。奈月がそのことがむしろ気になった。

「奈月の初恋はいつだったのだい」

あからさまに聞かれて、返答に窮していると

「誰にでもあるのじゃあないのか。大人の恋とは違って、永遠で無害な恋心さ」

そういってから、気分よさそうな表情を浮かべながら

「小学三年生のときクラス換えで一緒になった子が、いつもデニムパンツのサロペット姿で、可愛かったんだ。成績もよくてクラスでも人気があったんだ。麻美ちゃんと

いうのだけど、俺にとって初めて異性を意識した子だった。でも、仲良しになりたいのに、その子に意地悪ばかりしていたんだ。例えば、上履きを隠したり掃除のときにむりやり箒を取り上げたりして、自分の気持ちを制御できなくて、なんどか泣かしてしまったんだ。けど、麻美ちゃんは四年生の終わりに名古屋に転校して行くことになって、クラスのお別れ会があったんだ。終わって帰ろうとしたとき、麻美ちゃんが俺のところに来て、これあげるって紙袋を渡してくれたんだ。開けたらクッキーが入っていて、紙切れに『いつも味方になってくれて、ありがとう』なんて、言葉が添えてあったんだ。俺、てっきり人違いだろうと思って、見てはいけないものを見てしまったようで、直ぐ返そうともう一度見たら、上のほうに『尚太君へ』とあったんだ。自分では麻美ちゃんを困らせることばかりしたまま別れることになってしまい、後悔の念にかられていたんだ。それなのに、どうしてかなって、不思議な気持ちでいろいろ思い返してみたんだ。たぶん、ほかの子が麻美ちゃんにちょっかいを出したりすると、俺が俄然あいだに入ってそいつらを制する側に立っていたんだ。自分が困らせることをしておきながら、ほかの奴がすると許さないなんて、おかしな子だったのさ。もちろん、サロペットなんて言葉はずうっとあとに、姉のファッション雑誌かなんかで知ったことだけど。それ以来サロペットの子を見ると、懐かしさが蘇るんだ。麻美ちゃんは、いつまでたっても四年生のままだけど。奈月が初めて店に寄ってくれただろう。あのとき久し振りにサロペットの子に会って、麻美ちゃんと重なったんだ。麻美ちゃんもこんなふうに成長しているのかな、なんて見詰めちゃったりしていたんだ。そうしたら、俺の思い過ごしかもしれないけれど奈月も気色ばんだ表情で、顔を赤らめたので特に印象に残ったんだ。それから、商店通りのところで会ったときも、背中のサスペンダーが目に付いて、白ベースのサロペットが、遠くからでも目を引いたんだ」

尚太は、サロペットの関わりをこうして話してくれた。

「じゃあ、わたしでなくてもサロペットが目に入ったわけ」

奈月は、わざと拗ねてみせた。

「いや、そういうことではないよ。きっかけがサロペットということなんだ。別に気にしないでくれよ。たまたま奈月がサロペットの装いをしていたということだから。俺が着たら単なる作業着になっちゃうよ。奈月にはサロペットがいい感じなんだ」

そんな会話があってから、いっそう心を通わす仲になった。

尚太はいつも忙しく時間、時間で動いている人だった。バイトの休みは、演習や実習で五時限目まである火曜と金曜日であった。出勤時間は基本的に早番との交代で、午後の三時半からだった。早番の人は、神田の二部に通っている人で、互いに時間を融通し合っているようであった。

尚太とは仕事前に時間が取れれば、三軒茶屋の街で待ち合わせをした。

あるときは、茶沢通りを路地左に入った室内型の釣り堀に連れて行ってくれた。古い住宅を全面改築したがらんとした造作のなかに生簀《イケス》があって、金魚が泳いでいた。壁には短い釣り竿が一面に立て並べてあって、常連さんのマイ竿ということだった。釣った金魚をリリースするとポイントが付くらしく、貯めると浮子《ウキ》や竿がもらえるので尚太も挑戦していると自信のある表情をした。

また、玉川通りと世田谷通りに挟まれた三角地帯のなか、屋上のバッティングセンターがあった。食品スーパー横の外階段を上って行くと、屋上に出て先を進むと、階上ビルを這うように、急勾配の鉄骨階段がまたも掛かっていた。階段は途中から狭い螺旋《ラセン》状に変わり、低い手摺りに足元がすくむ思いにさせられた。

　上がりきると、商店街の表の彩りとは裏腹に、渋い色調の家屋の入り組みに生活の匂いがして親しみを受けた。振り向くと銭湯の太い煙突がこの界隈を見守るシンボリックツリーのごとく突き出ているのが見渡せた。場内は時間的にすいていることが多かった。そこで、尚太が打席に立つのをネット裏の長椅子で風を感じながら見ているのも楽しいひとときとなっていた。

　奈月はこのバッティングセンターで掛けられた言葉に、心地よい思いが残っている。何度目かに連れられて行ったとき、知り合いの年輩者がいて「おや、今日は彼女連れかい。若い者はいいね」と、ちょっとおどけた口調で掛けたのを、尚太は少し照れ笑いを含みながら「まあ……」と、頷いたことだった。奈月は他人から彼女といわれたことに、面映ゆさを感じながらも、なによりそれを受け入れてくれた態度に、有りがたさが湧いていた。そして、わたしは尚太の彼女でいてもいいのかなと、思ったりもした。

尚太との想い出は、奈月にとって東京での想い出であると同時に学生時代の想い出にも通じている。当時のことは時間の経過とともに出来事の後先が薄れてくるけれど、学年と照らし合わせることである程度手繰り寄せることができる。

例えば、渋谷駅中央口の西側にあるモヤイ像前で待ち合わせたのは、二年生になった連休のあとである。渋谷公会堂にフォーク歌手のコンサートを見に行ったときだから、まだ昭和のことになる。その後もハチ公像前より人が少なく見つけ易いと、待ち合わせ場所につかったが、奈月がいつもモアイ像といって尚太からイースター島がモアイで、渋谷はモヤイとからかわれたことがあった。

世田谷線山下駅前に、美味しい屋台のラーメン屋があると連れて行ってくれたのは、クレープ屋さんに出入りするようになった秋のころである。

また、尚太の実家がある三河地域一帯に、台風が通過したことがあった。実家は古くから木材を扱っているらしく、店舗から離れた山間部に製材工場があるという。その裏山が崩れて工場の一部に土砂が流入したらしい。

尚太が復旧の手伝いに帰ったのは、平成元年九月のことである。なぜ今も年月を覚えているかといえば、奈月が三年生になってサークルの編集委員をしていたときで、休み明けの合評会が例年九月二十日と決まっていたからである。ようやく作業の目処が付いてクレープ屋さんに寄ってみると、尚太の姿が見えなかった。親しくしてくれるマスターの奥さんがいて、事情を話してくれた。

それによると、尚太は週明けまで実家に帰る予定であるが、これからジャケットを取りに店に寄るというので待つことにした。まもなくバッグを持った尚太が現れた。バッグを開けるとなかから菓子折の包みを取り出した。店にも一つ置いていくという。東京みやげとしていつも買い求める人形焼である。通学途中に乗り換える駅前に、製造販売のお店があるらしかった。

急ぎ東京駅に行くというので、奈月も新幹線ホームまで同行することにした。道すがら、尚太は今まであまり触れなかった、実家のことをいくつか話してくれた。兄弟は三人で、年の離れた一番上の兄夫婦が家業を継いでいる。自分は特に親元に戻らなくてもいいともいった。姉は名古屋に嫁いでいる。奈月はそれを聞いて同じ兄弟柄に意味もなく、尚太との距離の短さを感じたものだった。今度被害に遭った製材工場は、家族のあいだでは『山の家』と呼び、祖父母の家があって、尚太が小学生のころまで夏休みはそこで過ごすことが多かったようである。現在店舗を構える実家の木材店から、車で四十分ほど山あいに行った場所にある。古くは塩の道として、今も街道沿いに宿場の町並みがそのまま残されていて、奥の城山一帯は紅葉の名所になっているなどであった。

奈月も被害状況を気に病まなければならないはずなのに、尚太は遅くても来週には必ず帰って来ると思うと、穏やかな気持ちにさえなってしまっていた。そして、部屋に戻りテレビを点けると、丁度ニュースで三河山間部を中心に記録的な集中豪雨に見舞われ、各所で土石流や山崩れが発生していると報じられていた。映像ではひと抱えもある岩石や流木に混じり、自動車が押し潰されているのが映し出されていた。奈月は安閑としていた自分を反省させられたのを覚えている。

あのときホームで離れがたい思いもあって、そのまま尚太に着いて行ったらどうなっていただろう、なんて、帰りの電車のなかで思い返し、しんみりとしたこともあった。

地元の世田谷ボロ市には、二人して顔を出した。

この日ばかりは朝方を除けば閑散とした世田谷駅ホームも、終日人いきれを受けるほどの混みようであった。いつもの無人駅からホーム入口には臨時の改札台が設けられ、駅員たちの飛び交う掛け声で活気付いた。

ボロ市の由来はタウン誌によると、野良着にあてるボロ布や古着が売られたのが初めであり、四百年もの歴史があるという。すでに世田谷線沿線の最大イベントで、年末と年始のそれぞれ二日間にわたり、催される風物詩となっていた。会場は奈月のアパートから線路を挟んで反対側になっていた。南側の世田谷通りを越えて上町駅寄りに代官屋敷があり、その周辺がメイン会場で、路地伝いに露天商の列で華やいだ。店は立ち食い関連の目立つ暖簾とともに、植木、食料品、陶器、衣類やアジアン雑貨など多種多様であっても、あくまで存在感を示すように、古着や骨董品、金物商が窮屈そうに出店していた。

来場者の巡回お勧めコースとして、三軒茶屋方面から乗車して来る人たちは、世田谷駅で降りて、帰りは一つ先の上町駅から。下高井戸、山下方面からの乗客は、上町駅で降車して、世田谷駅から戻るというのが誘導されていて、車内の混雑振りや人の流れを大きく分散していた。

開催初日に、尚太は歩いて世田谷駅までやって来た。尚太の足では、距離にして乗るほどでもなかった。改札口の近くで待ち合わせをしていた。奈月は人混みにあっても、尚太の姿をいち早く見付けることができた。

尚太がボロ市に来るのは、出店を見て歩くのも楽しみにしていたけれど、第一の目的は名物の代官餅を手に入れることだった。遅くても朝九時過ぎには来て、まず代官餅売り場の行列に並ぶことだった。これより遅くなると、待ち時間がぐっと長くなるからである。けっこうボリュームがあって、その場で蒸して搗いた餅を温かいうちに食べられるのである。尚太は辛味餅を、奈月はあんこ餅をいつも買い、立ち席ながら用意された番茶をすすりながら、お互いの餅に手を伸ばして食べるのがなにより楽しかった。奈月は寒くても行列が長くても、すこしも苦にならなかった。それから、人波を分けながら寄り添って店々を見てまわった。

初めのころだったか甘酒屋の前を通ったとき、奈月がちょっと知ったか振りをして
「甘酒って、季節はいつの飲み物でしょうか」

鎌を掛けたつもりで問うてみると、尚太は透かさず
「夏じゃあないかな」と、応えた。

「どうして」

意に反しての返答に思わず声を発し、奈月の目論みを潰されたことであった。続けて、尚太は蘊蓄《ウンチク》を披露した。

「冬場、ホットで身体を温めるのもいいけれど、本来、夏の栄養源として夏バテ防止に飲まれていたらしいよ。じいちゃんの山の家の街道沿いには、夏になると茶屋の軒端にかき氷と甘酒の吊るし旗が掲げられていたんだ。婆ちゃんが小遣いをくれるとき、決まって氷水を飲むのなら冷やし甘酒にしなって、いっていたから」

「甘酒って、子供が飲んでもいいの」

奈月は素朴な疑問を出してみた。

「酒って付くけど、米と麹と水だけでできているのさ。砂糖やアルコールは一切使ってない天然甘味の飲み物なんだ。だから子供でも安心して飲めるのさ」

尚太がなんでもないように応えるのに、奈月はこの人にはなにごとにも適わないと、へこまされたのを覚えている。

奈月の実家では、母が年の暮れになると酒粕を求め、砂糖を加えて沸かして呑む慣わしがあった。甘酒は冬の飲み物とばかり思っていた。それに我が家の甘酒は、尚太のいう天然甘味でなかったこともそのとき知った。

奈月は俳句の講義で季語が夏だと知ったばかりで、付け焼刃は打ち砕かれることになった。

ボロ市の開催は奈月にとって、ちょうど節目の日程となっていた。年末開催日のころは冬季休暇に入るところで、ボロ市を待って故郷に帰ることにしていた。そして実家で正月を過ごすと、年明けの開催日に、できれば間に合うように戻って来た。


尚太と最後になった暮れの市だった。

いつものように出店を見てまわっていると、奈月は人混みの直ぐ先でひときわ映える二人連れに目が留まった。レザーの縁にカシメパンチを効かせたライダースジャケットとパンツで決めた黒ずくめの長身の男性と、それに寄り添うスーパーロングの真っ赤なチェスターコートと濃紺地のパンツルックで決めたカップルであった。男性の胸元には、連れ合いのコートの色に合わせた鮮やかな幅広のストールが長く垂れ下がっていた。女性の襟元には男性の黒に呼応するかのように、くっきりとボアが柔らかく巻かれている。女性の後ろ髪はギブソンタック風にアップされ、適度に後れ毛を残しているのは、エレガントな可愛らしさがあった。

奈月は、辺りに芳香を放つかのような二人の着こなしに見とれていると、男性が女性に呟くように顔を傾げた。

そのとき、奈月は思わずギョッと胸を衝かれた。

男性の左半面の顔に、金属チェーンがぶら下がっていたからである。男性が女性に向かって談笑し、女性も仲睦まじく頷いている。チェーンは揺れながら、鼻から耳にリンクされ、白玉の大き目のピアスが下唇や耳朶にも嵌め込まれている。さらに気付いたのは、男性の頭髪の様相であった。両サイドを強めに刈り上げたモヒカン刈りの側面には、幾何学模様のラインが描かれ、さらに残された頭頂部の髪はパープルカラーで染められていた。奈月は雑誌やドラマでこのようなスタイリングを知っていても、身近で見るのは初めてのことだった。金属片を皮膚に食い込ませた顔面や頭髪の容姿は、生理的にも、とても相容れられるものではなく息苦しささえ覚えていた。

尚太は別に二人の姿を視野に入れるでもなく、群集の流れに従って目を向けているばかりでいた。奈月の気持ちは、男性の姿をこれ以上見ることに耐えがたくなった。どこかでそれを交わすように、女性のほうに関心を寄せていた。たぶん男性のこのような美意識を受け入れられる人は、どんな人なのだろう。むしろそのほうに興味心が移っていた。女性の姿はゆったりとしたコートで纏《マト》われていながらも、すらっとした身体のラインを美しく映し出している。二人は互いのセンスを共感し合い認め合いながら、楽しいひととときにあるに違いない。

奈月は、あの人たち、そう思うことで自分の気持ちを宥めようとしていた。それから、女性の横顔に視点を合わせてみると、またもギョッと身がすくみ足元が仰け反る思いに駆られていた。

『ええ〜。嘘……』

声を発しそうになった。

奈月は怖いものを見たようで、全身に震えがきた。女性の長い睫毛と頬紅やルージュの濃さはいつもと違っていても、そこにいるのは明らかに詩織さんであったからだった。クレープ屋さんになんどか寄っているので、尚太も詩織さんを承知している。そう思うと尚太の腕を強く取ると、おどおどとする思いで後ずさりをして、屋台の物陰に身を控えた。

尚太は身体をぶつける動作に『なんだい』と眉をひそめて、奈月を見下ろした。

「ほら、あそこにチュロスのお店があるでしょう。珍しいわ。寄ってみません」

咄嗟にそう応えた。

前の二人と対面したらどうしていいのか、その場で落ち着きをなくしていた。それよりも、詩織さんのほうはどんな態度を示すのか気に掛かった。迷惑そうに困った仕草をするのだろうか。それとも、何でもないような平静さで、親しく挨拶を交わしてくれて、お相手を紹介してくれるかもしれない。どちらにあっても奈月はうろたえていた。直ぐに尚太の手を引っ張りながら、反対列のお店に足を向けた。

奈月の脳裏にはまだ、光沢を放つ男性の鼻リングチェーンが、紅を引いた女性の唇に触れるかのように垂れ下がっている。奈月の鼓動は高鳴り、こめかみの辺りに汗が滲んでいた。

店のまわりには甘辛いニッキの香りが漂っていた。奈月は駄菓子屋に出入りしていたころの、懐かしさが呼び起こされた。それがこの場を交わす清涼剤にもなっていた。それから、注文したチュロスにシナモンシュガーを振りかける風除けのガラス枠のなかを、気持ちを落ち着かせながら見詰めていた。

「ニッキ紙を思い出すなあ。ニッキがなくなって紙の地が白く出ても、しゃぶっていたよ。ニッキ水とかニッキ貝とか、今もあるのかなあ」

ただ、尚太のいったニッキ貝については覚えがなかった。

「ニッキ貝って、佃煮のようなものなの」

奈月は貝の身をもいで、ニッキで味付けした惣菜なのかと連想した。

「いや、一つ一つ貝を開いて身を削りながら食べるんだ」

「貝って、アサリのようなものなの」

「ハマグリなのかなあ、大きい貝だったよ」

奈月には絵柄がぼんやりとして浮かんでこなかった。

「名古屋の叔父さんの家に行ったとき、駄菓子屋で殻付き貝のままカゴに盛られていたんだ。ニッキ味の煮染めた乾《ホ》し菓子で、身は硬いような強《コワ》いようなそんな印象があるよ」

奈月と同じような想い出であっても、尚太に掛かると一つや二つ、いつも多くのものを持っていることに感心をさせられていた。

奈月は改めて詩織さんたちが気になった。先ほどより距離を置いた対前方に、さらに鮮やかさを増して赤いストールや全身目立つ赤いコートの一組の姿は、容易に探し出すことができた。ポップコーンでも求めたのだろうか、立ち止まって長い紙コップが女性の手に握られている。人混みすらを背景に据えて、あたかも二人に焦点を合わせたスチール写真のように、みごとに収まっている。キャンパスでの詩織さんからギャップを超えた大胆な装い振りは、日常から離れて大人の女性を演じながら、その高揚さを楽しんでいるとも取れる。それに比べ奈月たちには詩織さんたちの器用さは持ち合わせていなかった。尚太にしても奈月にしても、こんなときにこそ晴れがましく、日頃の装いを変えようとする意思も薄く、群集のなかに紛れ込んで目立たず日常の一端を楽しんでいるばかりでいた。

奈月は二人が二人ならばそれでいいのではと思いながら、詩織さんたちと一定の距離を取りながら、尚太に寄り添っていた。

そしてこのことは、わたしだけのことにしておこうと思った。

大雪に見舞われたこともあった。

前日は十度を超える陽気で、その日も平年並みの穏やかな日和であった。ニュースで「今日は旧暦で討ち入りの日にあたります。昔は今に比べて寒かったようですね」そんなコメントをしていたのを覚えているが、夕暮れ近くになって雲行きが怪しくなった。夜の帷がおりるころには静かに粉雪が舞い降りてきた。その年は二週間前にも降ったけれど、午後に止んでしまっていた。今度も風はなく冷えてくる感触もなかったので、一時的な降りで収まるのだろうと、奈月は床に就いた。翌朝カーテンの隙間から、もやっと白く淀んだ明るさに目を覚ますと、窓外はこれまで目にしたことのないほどの、一面雪の原にさま変わりしていた。すでに八王子方面ではバス路線に支障が出始めている様子で、日中はさらに降り続くと報じていた。このままいけば、世田谷線も不通になるかもしれないと気掛かりになってきたが、通過する踏切の警報音が、いつもと変わらず鳴り響いているのが伝わってきた。奈月が通学するころには軒が歪むのではないかと思うほどの積もりようで、古ぼけた木造駅舎も真新しいよそよそしさに変えていた。綿帽子を被った車両が降りしきる雪をかき分けながら、湿り気を含んだ鈍い響きを立てていた。走る姿がいつになくひたむきで愛おしくもあった。

午後の授業は休講となり、早々に帰宅した。降雪は強弱を繰り返しながら続いていた。奈月は日が暮れて来ると、じっとしていられない気持ちに見舞われた。

尚太のことが気になってきた。無性に会いたくなった。

たぶんこの降りようでは、早めに店を閉めるだろうと見越して部屋を出た。思いはあたった。定刻を一時間もあるのに、忙しそうに片付け始めているところであった。

　雪のなかを走る電車も悪くはなかった。

　下高井戸駅まで行ってみようと、尚太を誘ってみた。クレープ屋さんは、三軒茶屋駅から一つ目の西太子堂駅が圏内となっている。住宅街はこの雪で誰もが早々に引きこもってしまい、沈むように静まりかえっていた。明かりの乏しい裏道を追い越したり追い越されたり、互いにたわむれる気持ちを駆り立てた。すると、闇を裂くような甲高い警報音が静寂《シジマ》に鳴り渡った。尚太が振り返って「この警報は幾つぐらい鳴るか知っているか」と、聞いてきた。奈月は考えてもいないことで、迷いながら「三十回、いや四十回ぐらいかな」と曖昧に応えると、尚太は「その倍は鳴るはずだよ」と、自信ありそうに返した。それなら数えてみようかとなって、踏切まで行ってどっちの方向から来るのか覗き込みながら次の電車を待った。

　雪は弱まるふうもなかったけれど、身体も心も温かかった。

　まもなく、若林駅方面から小さく警報音が届いて来た。すると、ゆっくりカーブしたレールの先で明かりが現れた。次第に白いベールに照りひかりされた光線が、鮮明さを増しながら地を這うモーター音とともに耳元に届いて来た。車体が滑るように近付いて来ると、はっとするほど大きな警報音が耳元で鳴り出した。奈月はせかされながら一つ、二つと声を上げて数え出した。二十二、二十三と数えていると、遮断のポールが降りてきた。三十九、四十とたちまち数え終えてしまった。まだ電車の通過には間があった。毎日、なんども耳にしているはずなのに、こんなに小刻みなテンポで連打しているとは思いもよらないことだった。警報機をまじまじ見るのも初めてだった。縦列に二段の電飾が赤く交互に点滅していくが、警報音はそれに呼応している訳ではなく、一つの点滅に複数回打ち鳴らされているのを初めて気付いた。尚太も声を揃えて、六十七、六十八と数えていた。電車が目の前を通り過ぎても、警報音は直ぐには鳴り止むことはなかった。奈月はできればこのまま、雪を謳歌しながら尚太と声を合わせて数え続けていたかった。

二人だけの世界に酔いしれていた。

車両は直ぐ横の上りホームに停まると、合わせて反対ホームにも車両が入ってくるのに気付いた。尚太が手を差し出してくれて、急いで下りホームに駆け寄った。警報音はそのまま鳴り続けていた。

車内は暖気に包まれていたが、誰もが肩をすぼめてじっと寒さに堪えているかのように、押し黙ったままであった。

終点の下高井戸で食事をして引き返すことにした。

いったん改札口を出ると降りたった人たちが、二人をすり抜けてそそくさと乗換口や商店街のほうに消えて行った。たちまち人影もなくなり取り残されてしまったが、さすがに京王線を抱えている駅前だけに、店の電灯だけはそこここに灯っていた。

奈月がこの場に立つのは、二度目であった。あのときは、強い陽差しが照り返す昼下がりであった。詩織さんのところに来た折、パンケーキの美味しいお店があると聞かされて、いさんで二人でここまで歩いて来た。お店は、世田谷線の車両の往来が見渡せるところにあった。たぶん本格的パンケーキを味わったのはこのときが初めてであったかも知れない。甘とろいシロップがパンに溶け込んだ都会の味として、忘れられない一品になった。それから街なかをぶらぶらと過ごしたあとに、少し古びた店構えがむしろモダンさにも映った軽食屋さんで、カキ氷を食べて別れたことだった。

この日は頬が赤く染まる寒い夜だった。

尚太が「こんなときは、汁物に限るな」と、手もみをしながら白い息を吐き掛けた。手短に済まそうと前の商店通りを行くと、目線の先に中華の赤い暖簾が店内の明かりに透かされて、鮮やかに浮き出ていた。凍みる身体に迷わず暖簾を潜った。お客のいない店内に入ると待っていましたといわんばかりに、店主らしき小太りの人が威勢よく声を掛けた。

「いらっしゃい」そういって、コップを差し出しながら「雪はまだ降り続きそうですかね。こんな時間になると、頼るのは若いカップルさんなんですよ。日ごろの呑んだくれも、早々に退散してしまいますからね」

そんなことを愛想よく話し掛けてきた。

店で早々に済ますと、駅舎に引き返した。

来るときは互いに浮かれた気分であったのに、折り返しには寡黙になった。中央部扉にもたれ身じろぎもせず、お互いに雪に埋もれて真新しさを増す住宅街の光景を見続けていた。乗客は前の車両に五、六人いるだけであった。停車駅で乗降者の動きもあまりなかったが、扉の開閉だけは音を立てて繰り返されていた。

ふと尚太の横顔を覗き見ると、雪片のひとひらひとひらを留めながら物思いに沈み込む表情に、声を掛けるのもためらわれた。奈月は今まで受けたことのない、異質な一面を見た思いにさせられた。ただ尚太が傍にいるだけで心は休まり、このまま時間が止まればいいのにと念じたものだった。

あれは、三年生の一月末のことで、翌日の未明までさらに降り続いていた。足掛け三日間雪が降ったのは、東京ではこのとき一度の経験であった。


そんな折、尚太から突然早めて留学することを打ち明けられた。

なんでも狙っていた彼の地のスクールに、転学できる手筈が整ったという。

「CGや音声の分野においては日本も育ちつつあるけれども、教育規模や高度な専門性、関連分野の裾野の広さは、まだまだ及ばないのが現状なんだ。決まったからには早いほうがいい。この分野では特に細かいニュアンスを含むイメージの伝達が重要なんだ。それに授業では高いディスカッション能力が求められている。だから、併設された語学コースで研鑽しながら、できれば聴講制度を利用してカレッジスキルを習得したい。また、現地のほうが返済義務も有利な奨学金の目安もつけ易く、九月の入校に備えたい」と、嬉々として語るのである。

　思えば尚太は夏休みに入るころから、今までに増して留学の準備に力を入れ出したのが、目に見えて伝わってきた。奈月が休みで東京を離れていたときも、カウンセリングや説明会、セミナーへの参加などで忙しく過ごしていたようであった。『山の家』が罹災して実家に戻ったあとだったか、ＴＯＥＦＬ《トーフル》の集中講座に出る準備があるといって、会うこともままならぬようになった。奈月には留学の一連の手続きが頭になかった。入学の条件として、英語を母国語としない者に英語力を測る試験に通らなければならないこともよく把握できていなかった。

　奈月には尚太の行動が、いよいよ最終学年を見据えて動き出しているのだろうと、安閑としていた。まだ先のことだと済ませていたものが、突然大きな障壁として目の前に立ちはだかった。

　たぶん、あの罹災の支援に実家に戻ったときに家族の同意を得て、なんらかの資金的目処を付けたのではないだろうか。だからといって、話を伏せて事を運んでいたとは思わない。セミナーなどに参加することは都度話題に出していたし、永田町のグランドビルだったか、留学の便宜をはかるカウンセリングルームに出向くのに、着いて行ったこともある。そのころの尚太は、留学をするのなら大学を一区切りしてからと決めていたようだった。それが留学の実現の見通しが思いのほか好転したのだと、理解はできた。奈月はこの幸機を快く送り出したくても、複雑な気持ちに追い立てられた。

これまでも尚太の行動を見ていると、この先自分たちはどうなるのだろうと、考え込むこともあった。しかし、現実のものとして受け入れられないでいた。

思えばあの雪の日のころには、すでに留学は決まっていたはずであった。あのとき、なぜか奈月は浮かれた気持ちになっていた。そんな振る舞いに、どう切り出そうかと尚太は迷っていたのかもしれなかった。

奈月にとってアメリカはとっても遠いところで、勢い海外で生活するなどとは思いの及ばぬことであった。しかもメディアデザインとか情報グラフィックスなどといわれてもどんなものか、別の世界のことで呑み込めないでいた。見えない世界に、掴めない不安ばかりが広がっていた。奈月はこの場に至ってどうしていいのか、おぼつかなくなるばかりであった。

奈月の思いは尚太にあっても、尚太には別のところに関心事があるのが寂しかった。そんな気持ちが胸に一歩を踏み込めず、臆する気持ちを抱かせていた。奈月は分かっているつもりでいながら、互いの見る方向が違っていることに、埋められない溝を感じ始めていた。

いつだったか「アメリカって遠いわね」と、なにげなくいったら「そんなことはないよ。アメリカは、どこの国も通らずに行けるところなのだよ」と、珍しくいい返されたことがあった。奈月はいってしまってから『わたしは、あなたに着いて行けない』って、心のうちを明かしたようで気まずさが残った。あのとき尚太がどんな感情を抱いていたのか。奈月は自分だけの殻にこもり、尚太の夢に歩み寄る態度を示すこともできずにいた。

尚太は口には出さなかったけれど『奈月の気持ちはそういうことなのか。外に踏み出せば、広い世界がひらけているのが分からないのか。俺は、自分の道を行かしてもらうよ』そんな気持ちになっただろう。

あのころから、二人の気持ちに軋みが生じてきたのは分かっていた。

奈月が「いつまでなの」と、聞いても「成果を出すには時間が掛かるのだ」と、今まで見せたことのない取り付く島もない態度が悲しく、不満を抱くようになった。たぶん尚太にとって学業だけでなく、その後の行く末のことも視野に入れていたのは分かっていた。腰を据え専念するためにも、バイトの合間を縫って英会話やデザインカルチャーにも通い、生活を切り詰めてでも資金を積み足している姿に、真似のできない野望にも映っていた。その反面、前途を見据えた真摯さに、むしろ尊敬の念を強く抱いていたのも確かであった。

奈月はこれより前に進められない気持ちにとらわれた。尚太が下したことなら、受け入れるより仕方がない。これ以上、足手まといになってはいけないのだと、自らを戒めた。

また平静になってみれば、当時、尚太の心中はいっきに予定を組み直す必要に迫られ、奈月の気持ちを解きほぐす余裕などなかったのだろう。それを分かってやれず後押しもできず、なんと未熟で浅はかだったか。その至らなさに心底情けなくなった。人生を賭けていた尚太には、立ち入ることのできないものがあったと、恥じる気がしてならなかった。

ほかにも別の気持ちとして、奈月はあれでよかったのだろうかと、胸の隅に棘のように突き刺さっているものがあった。尚太に対し、なぜあんな一方的な強い言葉を発してしまったのだろう。自分でも信じられないほどのきっぱりした態度に、よくも口に出せたものだと、留め処もなく繰り返す重く圧し掛かる思いにさいなまれていた。

そういわしめたのは、尚太の漏らしたひと言だった。

ひと通りの書類が揃い、出発の日程も決まったある夜のことだった。月明かりが二人の影を参道の石畳に、くっきりと落としていたのが印象的だった。

もう食事を共にすることもできないだろうと、奈月は池尻の名立たるビストロで少し気張って席を持った。尚太はアルコールを好まなかったけれど、特別に門出を祝う場を持ちたかった。初めて交わすワイングラスもなんとなくぎこちなさは否めなかった。尚太を見ていると、自分で選んだ道を自分の力で切り開いている。それが頼もしく映っていた。それなのに、奈月はなにもできずにそれを見守るだけの、なんとつまらない人間なのだと自嘲すら感じてしまっていた。尚太はこれから大きく羽ばたいて行くのだろう。とても自分なんかが着いてはいけない人なのだと、腹をくってこの場に臨むところがあった。

奈月には迷いがなかった。

そこを出て、三軒茶屋駅の線路沿いにある目青不動尊のお堂脇で、長いあいだ話を交わすでもなく、互いに黙り込んでじっと寒さをこらえて立ち尽くしていたときだった。

尚太がふと漏らしたのは

「今の俺には自分がこれでいいのか、分からなくなっている……」

尚太は奈月を気遣って、慰めるつもりでいってくれたことかもしれないけれど、それを素直に受け入れる気持ちにはなれなかった。

『なんでわたしなんかに気を遣って、今さら女々しいことをいっているの。わたしはあなたの足手まといになるなんて、思ってもいないことよ』そんな思いが一気に込み上げてきた。そして、思わず口を割いて発してしまったことであった。

「もう、わたしたちは今までと違うのよ。これからは連絡を取り合ったりしてはいけないの。尚太の夢はなんなの。チャンスを掴んだのでしょう。思い通り真っ直ぐに進んで行って欲しいの。わたしのことは心配しないでね」

感情を制御できず、出てしまった言葉でもあった。むしろ奈月のほうが、立ち往生している自分にいい聞かせる胸のうちを、このときとばかり吐き捨てた思いであった。

それから奈月は泣き叫びながら、その場を離れてしまっていた。

住宅街の入り組んだ路地を小走りに通り抜けて行った。初めて尚太に歯向かう態度を表してしまったようで、自分の醜さが胸に突き上げてきた。涙がとめどなく溢れ、止まらなかった。誰にも会いたくなかったから、闇雲に路地の奥へと迷い込んで行った。

どれほど歩みを進めたのか、街灯の滲みを突いて前方から電車の通過して行くのが耳に届いた。あきらかに世田谷線とは違う、聞きなれない地響きのともなう重々しい音響だった。ここはどこだろう。どこをどう歩いて来たのだろうかと、不安さがわなわなと襲っていた。足を止めて辺りに目を向けても、方角が杳《ヨウ》として掴めない。一人放り出されてしまったようで、悶々とした思いが胸の底に澱んでいた。そのうち心細さが募り、音のしたほうに引き寄せられながら進んで行った。まもなく線路に突きあたった。

静まりかえり寒々とした光景だった。

顔を上げると距離を置いて左手前方に、闇に浮き出た駅舎が照らし出されていた。恐る恐る起伏のきつい線路沿いにそって近付いて行くと、住居標識に『代沢』と読むことができる。奈月にとって代沢とは聞き覚えのない場所である。街路灯に腫れた瞼を晒されるのが嫌で、沿道でしばらく立ちすくんでいた。気を取り直し踏切の近くまで歩み寄ると『池之上小学校』と記した門柱に出会った。『池之上』、そういえば井の頭線にこんな駅名があったのが思い浮かんだ。永福町に高校時代の友達がいた。渋谷から乗って下北沢や明大前で途中下車し、駅周辺をぶらりして食事をしたことがあった。たぶん下北沢方面にいることは薄々分かっていたけれど、ここから距離にしてどのくらいなのか、描けないでいた。尚太と離れて間もなく茶沢通りを横切って、右手方向に歩んでいた思いはあった。人出の多い繁華街には行きたくなかった。遠くに行ってしまいたいとも思った。ももやさが胸に覆い、いったい自分は何をしているのだろうかと、自責の念が込み上げてきた。

その場でどうしたらいいのか、途方に暮れていた。

いずれにしても、アパートからずいぶん離れてしまっているのだけは自覚していた。これより先に行くと帰れなくなるかもしれないと思うと、急に怖くなった。引き返すにしてもどう戻ればいいのか、路地を抜けて来た威勢はとうに失われていた。

小走りで温まった身体が一気に冷えてきた。

奈月は、その場で踵を返すことにした。

しばらく街路灯のあるところを避けながら路地伝いに戻って行くと、交差点の角にバスの営業所の看板が目に入った。先ほどこんな看板を尻目に、通り過ぎて行ったのを思い起こしていた。暗い路地は知らぬ間に方向を惑わしていた。このまま路地に迷い込むと、また居場所を見失いかねないと不安になり、ここではひらけた通りに沿って歩くことにした。信号機のある四つ角に出た。たぶん通りの向きから茶沢通りだろうと推測した。三軒茶屋には戻りたくなかったので、そのまま通り越して行った。いくつか信号のある四つ角を進んで行くと『梅ヶ丘通り』と、案内板が出ている。梅ヶ丘なら、確か羽根木公園前に小田急線の駅があるのを承知していた。ここで詩織さんの下宿先からそう離れていないところにいるのが分かった。

東京に来て間もないころ、よくクラスメートの詩織さんと部屋を行き来したものである。そんなある日、詩織さんと知らないところを歩くのも気持ちがよくて、少し遠出をしたことがあった。先に行くと、住宅街の一角に広びろとした場所があって、野球グラウンドやテニスコート、その背景の丘陵地に樹木で囲まれた公園が広がっていた。興味が出て園内に入って行くと、遊歩道が整備されていた。散策しながら、ここは梅の名所としても親しまれていると詩織さんが教えてくれた。だから『うめがおかというのか』と、胸に刻む思いがあった。このまま道伝いを辿ればいつか梅ヶ丘駅に出て、小田急線で一つ先の豪徳寺駅まで行けば、世田谷線の山下駅に接すると分かると不安さが和らいでいった。

まもなくこんな時間帯にも関わらず、車の往来が激しい複車線の大通りが現れた。幹線道路の様相から環七通りと目当が付いた。ここまで来ると、方角が把握できた。アパートから遠からずの距離にいることも、描けるようになった。来た道は北に向かっているようだった。梅ヶ丘駅まで行けば迷わず帰れると思ったけれど、方向的に遠回りになりそうな気もした。そうかといって環七通りを辿れば、確実に世田谷線の若林踏切に至るはずであったが、尚太の許に近付くようで気が進まなかった。いずれにしろ、アパートはもっと右手になるはずである。たとえ暗闇で方向を見失っても、いずれ世田谷線に出会うはずだと踏むと、来た道を逸れて大通りの向こう側に渡った。

路地沿いに外灯の灯る住宅街を歩んで行くと、月明かりの裾にこんもりと薄墨の影が目に入った。よくよく見ると樹林の陰影のようだ。たぶん、あんな大きな森を抱えているのは、世田谷線の宮の坂駅脇にある名刹、豪徳寺の森だろうと察しが付いた。思っていたよりずいぶん西に来てしまっているのが分かったけれど、道標《ミチシルベ》となるものがあったと、安堵の気持ちがさらに強く湧いてきた。

月光を仰いでいると、先ほどのことがずいぶん前の出来事のように思えてきた。尚太を一方的に攻め立てるような態度を取ってしまった自分が、やるせなく惨めでもあった。よくよく考えてみれば、奈月が尚太に寄り添うこともできずに、めそめそした態度で、励ましの言葉一つも掛けてやれなかったのが一番だったと思い知ると、さらに落ち込んでしまっていた。

これから尚太はいないのだと思うと、独りぼっちになってしまった寂しさに胸が締め付けられ、また涙が零れ落ちてきた。一人でいるのがたまらなく切なくて、なにかに縋りつきたい気持ちが強く込み上げてきた。

もう戻らないと胸に聞かせても、気持ちまでもが相応にならないで胸がわなないていた。

そのとき、聞き覚えのあるモーター音とレールの継ぎ目に触れて弾むような音色が、闇のなかから届いてきた。

『あっ、世田谷線だ』

直ぐに分かった。

いつものメトロノームで調子を取るような、タタン・トトンと一定の間隔で穏やかに響きわたるのが奈月の鼓動と相まっていた。すると、路地の隙間からヘッドライトを煌々と照らした馴染みの車両が、颯爽と走り抜けるのが遠望された。その姿は黙々と走り続けるいじらしさが愛おしくもあり、少し慰められる気持ちが湧いてきた。

尚太の旅立ちのときが、そこに迫って来た。

あの夜以来、尚太と連絡を取ることもなかった。奈月の気持ちとして嘘はなかった。口に出してしまった以上、どう取ったのか、尚太のことだから真意を取ってくれたらと願った。

ただ、このままではいけないと、奈月はクレープ屋さんに寄ってみた。もういないのは分かっていたけれど、そこに尚太との接点があるようで引き寄せられる思いがあった。意を決して行ってみると、奥さんとほかに仕事を持っていて、あまり店に顔を出さなかったマスターも揃っていた。

二人とも温かく迎えてくれた。

あの月明かりの夜の出来事をすでに承知していた。

奥さんがこんなことをいった。

「尚太が来て、奈月ちゃんに怒られたって、しょぼんとしていたわ。わたしは、今は迷っている場合ではないでしょうと、いってやったわ。まだ二人には生活感がないもの。尚太がこれからどうなるのか。曖昧な態度で先伸ばしだけはいけないわ。いったんここは決めなくちゃあ。こうなったら、奈月ちゃんのほうがよっぽど肝が据わっているのだからといったら、神妙に聞いていたわ」

それを聞いていたマスターが
「迷ったら一度戻ってみたらどうか。今、なにが自分にとって必要かが分かるだろうって。あれもやりたい、これも欲しいという訳にはいかないんだ。人生にはなんどか、見極めと踏ん切りが必要なときがあるんだ。尚太を預かってこのかた、わたしたちは夢を叶えてやろうと、できるだけのことは応援して来たつもりなんだ。尚太はそれに向かってよくやっていたよ。途中から、こんな日が来るかもしれないなんて、女房とも心配していたのだがねえ。だから尚太には奈月ちゃんを大事にしなさいって、いっていたんだ。奈月ちゃんもわたしたちにとっては、可愛い子に代わりはないのだから」

マスターや奥さんの言葉は、同情でも慰めでもなかった。現状を踏まえた、奈月自身にも向けられているのを十分に感じていた。尚太も覚悟を決めたはずである。奈月はこれでよかったのだと、このまま受け入れることにした。

翌日、尚太から連絡があった。

明日、駒留八幡《コマドメ》神社で待っているという。

八幡さまは環七通りと世田谷通りが交わる若林交差点近くの南側にあった。尚太が留学を決めたと打ち明けられたのも、この境内である。一の鳥居の先に数段の石段があり二の鳥居を潜ると右手に社務所と神楽殿、正面に拝殿その奥に珍しく塚の盛り上がったところに本殿が鎮座している。特に広い訳でもなく歴史を経た村の鎮守さまという趣で、拝殿左手には他の樹木に比べ年輪を重ねた黒松がひときわ目を引いていた。普段は訪れる人影も少なく、境内に少し踏み入るだけで、環七通りの切れ目のない車の往来音も気にならない落ち着ける場所でもあった。

尚太が待っていた。

所在なさそうに拝殿の見事な彫刻を仰ぎ見ていて、奈月が近付く気配を感付いた仕草で振り向いた。やはりぎこちなさを含んでいた。奈月もいい過ぎてしまった罰の悪さを抱えていた。二人の間に、ちょっとした硬い表情の他人行儀の空気が漂った。

尚太が声を掛けた。

「店に寄ったのだって。奥さんから連絡があったんだ」

「そう……。尚太がどうしているかなって」

「ようやく荷物の片付けが終わったから、連絡しようと思っていたところなんだ」

「なんにもできなくて、ごめんなさい」

「いや、いいんだ。後輩たちが手伝ってくれて、机やテレビ、冷蔵庫など大物は処分してくれたので身軽になったんだ」

なかなか本題に立ち入れなかった。

「ロサンゼルスとの時差は、どのくらいあるの」

「冬時間で十七時間戻すことになっている。時差早見表があるんだ。今の時刻なら、前日の夜八時ってところだな。たぶん寄宿舎で一段落しているところかな」

「食事は大丈夫なの」

「学食は構内に三ヶ所に別れていて、二十四時間利用できるところもあるようだ。いろいろ揃っているから心配はいらないよ。慣れてきたら、自炊をしてもいいし」

「しっかり食べないと頑張りがきかないわ」

話していると、気持ちもほぐれるようだった。

奈月はここで話を蒸し返すつもりはなかったけれど、あれ以来気になっていたことにまず触れてみた。

「奥さんがいってたけれど。わたしに叱られたっていったようだけど、わたし、そんなつもりではなかったけれど。つい声を荒らげてしまって、反省しているわ……」

奈月が、謝罪の言葉を発するまえに、尚太が口を挟んだ。

「いや、奈月にいわれて分かったんだ。奈月の相容れないところが、自分ではよく分かっていなかったことなんだ。そこのところをマスターや奥さんから問われたんだ」

尚太の性格からも、根掘り葉掘りになることはないと思っていた。

「わたしは意気地がないから、海を渡る前に溺れてしまう」

「そうだよな」といったあとに、尚太がふと笑みを浮かべて
「アメリカが遠いところと思うのか、直ぐ隣じゃあないのかという感覚の違いは、たぶん埋められないところかも知れない。そこを合わせるなんて、無理を通すことでもないし。奈月にここで会えたことが一番なんだ」

尚太はそこのところは分かっているつもりだと、いいたかったようだ。

「わたしの至らなさが、そうさせたのは分かっています」

「そんなことはないよ。言葉は悪いけど、奈月には拘りと強情さがあるからこそ、自分を流されずにすんでいるんだ。人はそれぞれなんだ」

「変な娘だとは自分でも分かっているつもりですけれど。迷惑を掛けてしまって」

「それはフェアではないだろう。奈月だけのことでもないんだし。ただ一つだけ確かめておきたいことがあるんだ」

「……」

奈月はここでなにをいわれるのだろうと、緊張が走った。

「あのとき『もうわたしたちは今までと違うのよ』といわれて、ぐさりと胸がえぐられる思いがあったんだ。ようやく奈月の譲れない気持ちが分かったんだ。目から鱗って、こういうことかって。奈月だって辛いのだって。自分はそれまでできれば連絡を取り合っていけばいいだろと思っていたけれど、奈月は違うのだと。奈月はもう決めていたのだって。それでいいんだね」

「わたしは尚太の走っている姿が好き。走りながら振り向くことがあってはいけないわ」

奈月の気持ちだった。


尚太の旅立つ日が訪れた。

いったん故郷に帰り、ロサンゼルスに旅立つことになっていた。

奈月は新玉川線の三軒茶屋駅ホームで見送った。その場のことは覚えているけれど、その日のそこまでの道筋が今となっては曖昧なのである。当然、時間を合わせていたはずなのに、世田谷線の改札口であったのか、さらには地下への通路から新玉川線ホームまでがどうなっていたのか場景が抜け落ちている。

奈月の脳裏には、尚太の背中を追いながら黙って着いて行く自分の姿が、ぼんやりと浮かんでいるだけである。

別れの場所が三軒茶屋になったのも、どうしてそこになったのか分からない。新幹線ホームまで見送ることが、せめてもの奈月の誠意であっただろうと思えるのだが、そこまで着いていったら、別れがさらに辛くなるはずと自分を諌めたことなのか。それとも尚太と過ごした日々を断ち切るためにも、三軒茶屋が別れにふさわしいとでも思えたことなのか。二人の気持ちが暗黙のうちに、その場にさせたともいえる。

尚太を見送る言葉は、なんといえばいいのだろう。

奈月の気持ちは決まっていても、口に出して『さようなら』とは、いいたくなかった。もうお互いに会うこともないと分かり合えていても、その言葉は東京での日々を振り捨てるようでふさわしくなく、心のどこかに意地のような塊があった。

尚太の前途を思うと、ここではむしろ励ましの言葉を掛けて、門出を湿っぽくしたくはなかった。別れぎわ、尚太がどんな言葉を掛けてくるのか。頭のなかは、そのことでいっぱいになっていた。

時は容赦なく刻んでいった。


ホームでの別れがついに来た。

覚えているのは、尚太が掛けた言葉であった。

「行ってくるよ」

確か、短くそんな言い方だった。尚太の決意の気持ちが十分含まれている気がした。

その言葉に奈月は救われる気持ちになった。

「身体に気を付けてね。頑張って、夢を叶えてね」

だから、尊敬心と感謝の気持ちが自然とそう返せた。

「ありがとう。奈月も、元気でな」

尚太の言葉に、奈月も素直に頷くことができた。

涙を見せるでもなく、最愛の人との別れにそぐわないかもしれない。でも、よそよそしい雰囲気でもなかった。この場に至って込み入った言葉など要らなかった。ストレートに気持ちを表していると思った。

覚悟ができていたから、淡々と別れが迫り来るのを受け止めていた。

まもなく電車が入線して来ると、生暖かい風が奈月の前髪を乱し、ドアが勢いよく開いた。奈月は慌ただしく車外にはきだされる群れに押され、尚太の傍から後ずさりすると同時に、尚太が乗り込む乗客に背を押されながら離れていくのが分かった。そして、車内に押し込まれる寸前に、尚太が振り向きざまになにか声を発したような素振りをしながら消えていく横顔が、まるでスローモーションを見ているような感触を受けた。そのとき不意に我に返った奈月の胸に、まだ手を伸ばせば間に合うという込み上げるものと、もう終わったのだという押し止める気持ちがともに交差して、身体が硬直したのを覚えている。

その一瞬にドアが閉まり、尚太の息遣いが途絶えた。

それから電車がなにごともなくホームを離れて一人残されたとき、ああこれで尚太はわたしから本当に離れて行くのだなあと、改めて現実のものとして受け止めると涙が溢れてきた。悲しいとか寂しいとかというのではなく、大切なもの、支えられていたものを失った、喪失感と虚脱感の入り混じった思いが一気に胸を覆いつくしてきた。涙って、音を立てて胸の底に零れ落ちるものだと知った。

しばらくホームで呆然としていたのは頭にあるが、その後どこをさまよい歩いていたのか、部屋に戻ったのは深夜になってからだった。

それからはいるあてのない若林駅の下りホームを、ただ暗然と車内から見続ける空虚な日々を送りながら、もっと話し合えていたら、一縷《イチル》の糸が繋がっていたのではなかったろうか。そんな未練がましい余韻を打ち消しながらも、どこかで引きずられる思いで日々を送っていた。

奈月は春休みに入ると東京を逃れるように実家に戻った。自動車教習所に通って免許を取得することにした。それで気が紛らわされたともいえなくもなかった。尚太のいない東京に戻るのが辛かった。そうかといって、このまま実家に引きこもってしまうのも、なにをするでもなく気持ちが塞ぎ込むばかりであった。

四月に入り、新学期が始まった。

卒論を仕上げるには、資料提供を受けていたこともあり少し余裕があった。講義はゼミのほかは、必修科目をいくつか残すだけとなっていた。サークル活動も下級生に任せることが多く、キャンパスで過ごすのも短時間で通学日も限られていた。同僚たちが都内企業の就活にやっきとなっていても、奈月は焦りもしなかった。あてがある訳ではなかったけれど、卒業後は故郷に帰ることにしよう、そんな思いが強くなるばかりであった。親も同じ思いがあるようで、地元企業の合同就職セミナーや個別の情報を伝えてきた。希望としては、広報関連業務であったけれど、女子の採用は限られていた。そこで方針を変えてみた。薦められた企業の一つに、来春地元に出店することになった業界大手のリース会社で、事務職もそれなりに採用するという。業務は建設資材系列で、業歴もあり堅実な企業とのことであった。業務内容には不安があったが、新しく進出する職場に興味が湧いた。奈月はそこをリクルートしてみようと決めた。だめならまた対処すればいいだろうと、世の求人売り手市場の有利さに危機意識も薄れていた。

当時はまだバブル末期で、社会全体が浮かれている風潮があった。ただ、なにがバブルなのか、渦のなかにいた奈月の学生生活には、株価の高騰を煽る市場の喧騒や、あの世相を切り取った象徴的なお立ち台の乱舞までは届いていなかった。

一人でいる時間が多くなった分、このまま流されるような日々を送っていてはいけないだろうと、自分を鼓舞し戒める気持ちも芽生え始めていた。

日が巡り、学内にある生協店舗の果物棚には、カップに入ったサクランボが並ぶようになった。一度は三鷹に行ってみたいと思いながら実現できなかった桜桃忌には、今年こそと思っていた。

そんなころ、例のラクロス競技で張り切っている由里子ちゃんから連絡があった。バイトの誘いである。渋谷の青山通り近くのベーカリーカフェのお店という。同僚のバイト先であるらしかった。都合で続けられなくなり、由里子ちゃんに相談があってそれが奈月にまわって来たことだった。今では、サークルを同好会から部に昇格をはたしその部長として、また学連の広報担当として日々を忙しく送っているようだった。

奈月はこれまでバイトといえば、夏休みに友達の家が営むドライブスルーのクリーニング店で、仕上げの確認作業をしていた。裏方だったので接客には自信はなかったけれど、一人時間を過ごすのもやるせなかった。ここでなにかを変える渡りに船にしたかった。由里子ちゃんの誘いに、興味も湧いてきた。

数日後、同僚に伴われてお店に伺った。

瀟洒《ショウシャ》な五階建てビルで、一階が可愛くデコレートされた、プーさん風のイラスト画を添えて『Ｂａｋｅｒｙ　Ｃａｆｅ・ＯＫＡＺＡＫＩ』の看板を掲げたお店になっていた。歩道まで嗅ぎ慣れた柔らかな香りが漂い、快い緊張感を与えてくれた。店はバターと砂糖を多用したデニッシュベーカリーとして優良店であるようだった。店内に入ると通路を十分に取ったブレッドコーナーとなっていた。平棚に並べられた色とりどりさに、明るさとゆとり感を全体に与えていた。左手には生菓子類を収めたショーケースとレジカウンター台が並び、その奥がイートインスペースのカフェコーナーとなっていた。ベーカリーコーナーは開設まで時間差があったので、可動式パーテーションで仕切られるようになっていた。

奈月には感じのよい納得できるお店だった。

三階の事務所で、五十がらみのマスターと奥さんと面談した。採用に関しては、前任者の口添えもあってかいくつか確認されただけだった。二階フロアが厨房であって、息子さん夫婦が仕切っているようだった。品出しはレジ奥に昇降機が備えてあった。事務所の上階が住居となっているらしい。勤務はシフト制で、繁忙時はスタッフが重なるように組まれていた。

当面バイトを優先しようと気持ちを引き締めていた。

「出勤は、明日からできます」と、応えた。

ブレッドのほか、焼き菓子やスイーツ類を合わせると八十種類を超えるらしい。まずは限られたメニューを扱うカフェコーナーで、給仕をしながら品出しをして商品の種類や値段を覚えていくよう指示された。

「カフェ部はブレッド担当より一時間早く出勤になりますが、大丈夫ですか」と、告げられた。

その日は部屋に戻ると、なにもする気が起きなかった。早めに床に就いたのが裏目に出たのかなんども時計を見るようで、その度ごとに頭が冴えていつの間にか朝を迎えていた。

初日は、更衣室で制服一式としてエンジ色のカマーベスト付きエプロンと同色のバンダナ帽、それに白の開襟ブラウス二枚が貸与された。これで、すでに店の一員に列せられたようで、しっかりしなければと一気に身がひきしまった。

開店までほかの店員さんが掃除と品出しをしている間に、奥さんから給仕としての心構えや接遇について説明を受けた。しばらくは奥さんがサポートしてくれることになった。

開店すると、待っていたお客さんが入って来た。

「お早うございます」

入店客を迎える明るい声が店先で響く。

この時間帯はいつものお客さんが多いようであった。入口近くにある棚からトレイと受け皿に手を伸ばすと、アラカルト表示のテーブルに向かう。それぞれが好みを載せていく。それを持ってカフェコーナーに入って来ると、給仕係が間を置かず声を掛ける。

「いらっしゃいませ」

お客さまがテーブル席に着くのを見計らい、お絞りとお冷のコップを携えて歩み寄り「お飲み物は何にいたしましょうか」と、ドリンクの注文を受ける。ホットか、アイスに気を配り、少し大きめな声でドリンク名を復唱して確認をする。それから「少々お待ちください」と、ゆっくりと頭を下げる。これが奥さんからいわれた基本動作となっているが、勝手を知った人たちはコーナーに入るなり、いきなりドリンク名を告げてくる。それが続くと誰がどこの席に着き、どのドリンクを注文されたのか、頭はパニックを起こしてしまう。奥さんは笑顔でなにごともなく、奈月をフォローして応対をしてくれる。一時間もすれば、店内の落ち着きも戻ってくる。

モーニングの売りはトリオセットである。トリオとはアラカルト棚にある焼きたてブレッドの、例えばフレンチトーストやクリームパン、くるみパン、アーモンドクロワッサン等をお好みで二点選んでいただき、野菜サラダとドリンクを添えた三点セットのことである。料金は五百円玉ワンコインとなっていた。

カウンター内に控えている別の給仕係は、大きめに発したドリンク名を聞き分けると復唱しながら手早く選び、ドリンクとサラダ椀を添えてカウンター台に差し出す。

この連携プレーをいかに手際よくするか。お客さんは急いでいるので、気分を害さないように気を遣うところとなる。

一週間もすると、気持ちの混乱や立ち往生することも少なくなってきた。まだ、立ち位置や声を掛けるタイミング等をお客さんが引けたあとを見計らい、奥さんから細かくアドバイスを受けていた。なにげない応対であっても、それぞれ裏打ちされた意味があるのを教えてもらうと、新たなやる気を抱くようになっていた。

モーニングは十一時までで、その後は『デザートセット』に切り替わる。こちらはセット用として二十種ほどの小振りのショコラやケーキ類から、やはり二点を選んでいただきアイスクリームとドリンクを添えて、料金は七百円となっていた。

早番では朝昼時に、遅番では昼夕時に休憩を取りながら食事として自由に商品の支給があった。初めに、好きな物だけを選ばずにいろいろな種類を試して、それぞれの特徴を覚えてくださいといわれた。これには有りがたかった。

奥さんを中心に家族的雰囲気が、奈月には心地よかった。

ゼミと必修科目のある日に休みをもらい、早番を続けていた。朝は六時半には部屋を出た。気持ちのスイッチはすでにベーカリー店に向けられていた。若林駅の下りホームに目がいっても、尚太はもういないということよりも、この時間帯には尚太はここにいないはずと、強がる気持ちが心のどこかにあって、塞ぎ込みがちな気持ちを自分で和らげようとしていた。

早番の終了は十四時半となっていた。一ヶ月もすると、レジも任されるようになったが、慣れてきたとはいえ気持ちの上では神経が高ぶって、ほかのことを考える余裕もなく過ごしていた。

ある日、店に詩織さんが訪ねて来てくれた。いつもの清楚なキャンパスルックであった。表情にどこか疲れているようで張りのなさを奈月は読み取った。教養課程から専門に進む三年時に、クラス替えがあった。生活パターンもそれぞれ別に持つようになり、キャンパスで会うのはこれまでのクラス仲間よりサークル仲間に移っていった。奈月はあの世田谷ボロ市での出来事のあと、詩織さんがどうしているか気になっていた。最近では見掛けることもなく、ほかの人との交流もあまりないらしかった。仲間うちから詩織さんの四方山話《ヨモヤマ》が流れてきた。詩織さんには音楽仲間がいて、ライブハウスやディスコに夜毎嵌っているということであった。

上がりの時間も近かったので、カフェコーナーで待ってもらうことにした。


店を出ると詩織さんが尋ねた。

「奈月さん、今日はお時間ありますか」

詩織さんの改まった言い方に、いつもでない空気を察していた。

「はい」と応じると、詩織さんが「少し歩きましょうか」と、目線を避けるかのように前を向いたままでいった。

ガードを潜り東急文化村方面に足を向けた。しばらく肩を並べて歩いていたが、詩織さんが問わず語り、呟いた。

「わたしね、学校辞めることにしたの」

奈月は突然のことで、一瞬足がすくみ歩みを止めてしまった。

「ええ、どういうことですか」

奈月はボロ市での衝撃よりもさらに大きく、問い返すのが怖くなった。

「このままでは、しょうがないもの」

なげやりな覇気のない響きに、詩織さんの心情を現しているかとも取れた。奈月は詩織さんの身の上になにが起こったのか、近くの喫茶で落ち着いて話を聞こうと誘ってみた。

詩織さんは「もう終わったことだから」と、ここに至った出来事を掘り返す気にはならないようだった。

そうはいっても、このまま受け流す訳にもいかなかった。奈月は立ち入って傷つけてはならないよう、気を配った。

「学校辞めるって、本当なの」

「もう、退学届を出したから」

「あと少しで卒業でしょう。もったいないでしょう」

奈月は声を荒らげてしまっていた。

「誰もがそういうわ。十人が十人」

詩織さんは表情を変えずに、胸の一物を吐き捨てるように
「もったいないなんていっている人には、分かってもらえないのよ」

語気を強めた言い方に気圧されて、詩織さんは変わったなと思いながら返す言葉を探していた。

奈月が黙っていると、詩織さんは改めて抑揚を抑えて付け加えた。

「けじめが必要だったのよ」

「けじめって」

詩織さんの言葉はどこか宙に浮いて、奈月は掴みどころを失っていた。

「このまま、済ませてしまえばそれまでのことだけど、そんなことはできないから、もったいないなんていってはいられないのよ。けじめが必要だったのよ」

「詩織さんにとって学校を辞めることが、けじめを付けることになるの」

詩織さんのいっていることに整理ができないまでも、この場は少しでも寄り添いたい気持ちもあった。

「そうね。人それぞれだけど、まず今度のことで、けじめを付けなければと思ったの

よ。このまま引き摺っていてはいけないって。でも、考えてもけじめを付けるようなものはわたしにはなにもないの。それで悩みぬいたところが、学校を辞めるということだったの」

真剣に正直に話してくれているのは分かっていたけれど、どうしての疑問は奈月には解けなかった。

「今、今度のことっていったけど、そこのところをいうのは難しいこと」

詩織さんの心情を理解するには、どんなことでもいいからもっと知りたい気持ちが生まれていた。

「そんなことはないけれど、自分の恥を晒すだけでどうなる訳でもないでしょう」

奈月に向けた眼差しは冷たかった。

詩織さんは黙考して、それから「遁走したのよ」と、表情もなくポツリといった。

「トンソウ」

奈月は聞きなれない言葉をなぞった。

「いなくなったのよ」

その言い方に目の前にいるキャンパスルックの詩織さんから、ボロ市の女の生臭いあの匂いが漂った。

奈月は返す言葉が浮かばなかった。奈月は前の壁の上のほうを、詩織さんは窓の外の青空に目を向けていた。

しばらく経つと、詩織さんは張り詰めた表情が少し緩んでいるのが感じられた。たぶん、彼の背信があって学校を辞めたという事実を奈月に伝えたことで、まずは訪ねて来た目的が叶えられ、気が楽になったのかも知れない。そんな思いが通じて来た。

ここは聞き役にまわろうと思った。

それから詩織さんは幾つかの経緯を打ち明けてくれた。

それによると、
男性とは昨年の秋の終わりごろ、渋谷のレコードショップで顔見知りになった。あのころ会ったのは偶然と思っていたけれど、そうでもなかったかも知れないとあとに思うところもある。なんどか会っているうちに彼はバンドをやっていて、音楽に興味があるなら来ないかと誘われた。それから、ライブに連れて行ってもらったりしているうちに、バンドにも参加するようになった。詩織さんは以前からポール・モーリアのバックで奏でるチェンバロの音色に興味があって、手ほどきを受けることになった。まずはチェンバロの手当てができるまで、キーボードで練習を重ねることにした。

そのうちバンド仲間との練習以外に個人レッスンを受けるようになり、彼のアパートに出入りするようになっていった。ライブ打ち上げで仲間たちとの酒場の雰囲気も、嫌いではなかった。今までの生活とは違う世界に身を置くことが新鮮だった。松原の下宿先には変わらぬキャンパスルックで通していたが、彼のところで装いを変えて夜な夜な出掛けることが多くなった。そんななかで再三お金を融通するようになり、金額まではいわなかったけれど、一万二万が重なり、優に諸手を超えるまでになっているらしかった。

あの日、ラテンアメリカのフォルクローレ音楽祭が横浜桜木町のホールにあって、彼から入場券を渡されていた。入場口で待ち合わせていたけれど、いつまで経っても彼は現れなかった。連絡が付かないまま不安を抱えて彼のアパートに行ってみると、

隣の住人から告げられたのは
「朝方早くトラックが来て、荷物をまとめて出て行った」と、いうことだった。空いたペットボトルが転がっているだけの、もぬけのからの光景であった。どこに行ったのか、どこの車なのか足跡を残すことはなかった。離れた場所にある音楽祭会場は、時間稼ぎの囮《オトリ》につかわれたのかと直ぐには受け入れられないでいた。心の痛さを抱えながら一人帰る電車のなかで、事の重大さを思い知らされた。
「こうして話していると、今でも自分の身の上で本当に起きたのか、夢でも見ているのかとふと思ったりするの。田舎娘が都会に出て、まんまとカモにされた見本のようなことで、自分でもお粗末すぎると思っているの。誰もがどこかで気が付かなかったのかと責められるけれど、今思えばってことね。サイモンとガーファンクルの『コンドルは飛んで行く』の本場の原曲が聴きたくないかい、なんていわれて『この人、いろいろわたしに気を遣ってくれて有りがたい』そう思っていたくらいだから。お金のことだって、困っているなら少しでも助けてやりたいと思っていただけよ」
詩織さんの話を聞いていると、深い葛藤があって、気持ちのうえで一つの形を表すことが必要であるなら、それも分からない訳ではなかった。
バンド仲間からは、まず
「保証人になっているものは、ないだろうな」と、確かめられたことであった。
「はい」と、応えると
「だいたい、ああいう奴はのらりくらりと暮らしているようだけどけっこう計算づくで、家賃なんか何ヶ月か踏み倒していることがあるのさ」
詩織さんは本心を見抜かれているようで、はっとさせられたという。そして、こう諭された。
「奴は、この界隈では生きていけないのだ。街に少しでも誇りがあるのなら、せびるような真似はできない筈だから。ここではよほどのことがない限り、金の貸し借りはしないんだ。必ずしも返すあてがあるとは限らないし。それに一度借りたりすると、人との関係や生活も乱れるものなのだ。ときに飯代や呑み代はあっても、貸したなんて気はないし、受けたほうはその恩義を忘れることはないんだ。礼儀をわきまえさえしていれば、誰にも引け目を受けることもなく生きていけるのさ。ある意味で、それぞれが自立しているんだ。だからここには長く住み着いている者も多くいて、戻って来る者がいれば誰かしら迎え入れてくれるものなのだ。そこのところを分からず、ふらっと流れて来て、格好だけで好い気になっているのがときにはいるものだ。俺たちは決して受け入れないから」と、いわれたという。

また、仲間の一人から、こんな言葉を投げ掛けられたそうである。

「詩織、この街を見捨てるなよ」

そういわれて、真意を直ぐに呑み込めなかった。その場を曖昧に過ごしてしまったことに、今さらながら深く悔やんでいるという。

この街を見捨てるなんて恐れ多く、むしろ見捨てられたのは、詩織さん自身であったからだ。なのに、あの掛けられた言葉の奥には、仲間たちのなかで詩織さんを守ってやることができなかった。詩織さんは傷ついている。そんな思いが含まれているとしたら、居たたまれない気持ちに駆られてしまったらしい。自分は到底被害者などではなく、仲間たちに人知れず負担を与えてしまっているとしたら、なんと罪深きことであるのだろうと、沈痛な思いに陥ってしまっていた。このことも加わって、じっとしている訳にはいかず、自分にけじめを課したことも、おおいに繋がっていたらしかった。

つくづく自分の甘さを思い知らされたようで「わたしが未熟だったのよ」と、詩織さんは付け加えた。

これが『今度のこと』として、話してくれたことであった。


奈月が気になっているのは、詩織さんのこれからの所思の仕方であった。

「当面の問題として、仕事のこと、住むところ、ここでやりたかったこと、わたしには直ぐ満たすだけの手立てはないの。だから、都落ちってこと。こんなことになって……。親の有りがたみも分かったし、いろいろと勉強させられたから」

詩織さんはようやく相好をくずした。

「無理しちゃあ駄目よ。詩織さん、幼稚園の先生になるっていっていたでしょう」

「そうね、諦めた訳ではないわ。教育実習も済ませて単位を終えているから。不足分があるなら通信でも取れるし。ごめんなさいね。勝手なことばかりいって」

そんな話があって、詩織さんはバッグから紙袋を取り出した。

「わたしね、奈月さんたちのこと凄く気になっていたのだけれど、自分がこんなことになって、なんにもいえなくなっちゃって。だからっていうか、これ受け取ってくれません」

見るとプリンセスプリンセスのシングル盤と、薬師丸ひろ子のファーストアルバム『古今集』であった。

「わたし、言葉で奈月さんを慰めたり勇気付けたり、今はできないわ。それで、これ持って来たのだけれど。言葉で伝えるより、わたしが心の整理を少しでもできたのはこの曲だったのよ。よかったら受け取ってくれません。こっちのほうは、カップリングの『M』でいいの。古今集のほうは、このなかにある『元気を出して』これ一曲でいいの。『元気を出して』はほかの人も唄っているけれど、やはり薬師丸ひろ子のほうがしっくりくるの。どうかしら」

言葉より曲を通じて気持ちの深さを伝えようとすることに、詩織さんらしさを感じていた。

「わたしもプリプリはよく聴いていたし『元気を出して』も、興味があるわ」
奈月が詩織さんの気持ちを汲み取るのが分かったようで、眼差しに力が蘇っていた。
「わたしの体験を少し説明させてもらうけれど、いいですか」と、いって
「まず『M』のほうをなんどもなんども繰り返し聴くの。自分がいやになるほど。そのうち、泣けてきて涙が溢れてくると思うわ。たぶん今までと違って、心の底から滲み出る涙よ。そう思えたらしめたものね。そのうち、感情が高まってじっと涙を流しているだけじゃあ、我慢ができなくなってくると思うの。そうしたら、音盤に合わせて負けないくらい思い切り声を出して、泣き叫ぶのよ。気が済むまで。一度や二度では全然駄目よ。それをなんどか繰り返しているうちに、どこかでもうこんなことしているのはいやと思えてくるの。そこまで自分を追い詰めて行くうちに、わだかまっていた重石のようなものが抜け堕ちていることに気付いたの。自分の体験だけれども、人にいわれてもなにかほかのことを忘れようと思っても、それは限界があると思うの。気持ちを吹っ切るためには、自分で気持ちを吹っ切るよりないのよね。そうしたら、今度は薬師丸ひろ子の『元気を出して』の出番になるの。新たな気持ちになって聴く

の。『M』の曲があるから『元気を出して』の曲に意味が出るのよ。たぶん、出会いからそれまでのいろいろな出来事があって、そのなかでいい想い出もたくさんあったはずよ。でも、いい想い出は今となっては苦い想い出にもなっているの。これからはそれらを抱えていても仕方がないと思うところができて、別れを少し受け入れられる気持ちになって行ったの。もう、前を向いて行かなくてはと。これはあくまでわたしの一つの乱暴なやり方だと思うけど、奈月さんにはどうかなって」

こんなことをいっていた詩織さんのうしろ姿は、寂しいだけのものとは思えなかった。

奈月は詩織さんから受けた話に興味を持ちながらも、しばらく棚の上にある音盤を放置したままで、詩織さんと同じ心境になれるのかと素直に聴く気にはなれなかった。尚太とは連絡を絶ち、二度と会うこともないと切りを付けたはずでも、やはり縋りたい寂しさは募っていた。

尚太の想いは若林駅のホームを通過するたびに、どこか姿を追ってしまい、奈月は意識をせずにはいられなかった。これまで三軒茶屋で下車してクレープ屋さんまでの道のりが、どんなに充実していたか。思い返せばクレープ屋さんに寄らないにしても、三軒茶屋に尚太がいると思うだけでいつしか奈月にとっての居場所となり、息付く場所となっていた。

ふと、聴いてみようかと心が動いた。

『まず、なんどもなんども繰り返して聴くの。自分がいやになるほど』

詩織さんの声が心の隅に、はっきりと残っている。

これまで詩織さんの心境も一利あるかと思っても『M』は失恋ソングである。そんな曲をこの場で繰り返し聴いていたら、自分はどうなってしまうのだろう。むしろ、自虐的に追い詰められてしまうことにならないだろうか。そんな疑念を抱きながらも、間を置いてみると、一方でいわれたままに受け入れてみたい心境にもなっていた。

一人部屋に籠もり気持ちを静かにして『M』を掛けてみる。詩織さんの言葉通り、二度、三度と再生を繰り返していく。

以前聴いた『M』の印象は、泣ける歌のジャンルとして奈月の胸に残っている。こうして自分の身を置いて聴き入ったことはなかったけれど、改めて聴いていると別の面も見えてくる。彼と過ごした日々の想い出ソングとして、消えることのない恋しさや遣るせなさを詩は唄っている。そう思いながらも、留まるだけではないことも分かる気がする。そこから抜け出したい心底の叫びがあるからこそ、詩織さんに共感を与えてくれた曲となっているのではないだろうか。そう思い知るところに繰り返し聴く意味があることに気付く。

奈月はボリュームを上げて音盤に合わせて声を出してみる。感情が高まって涙が溢れて頬に伝わってくる。さらに再生する。なおも声を荒らげて重奏して、思いの丈を吐き出してみる。だからって掴みどころはないけれど、わだかまっている残滓が抜け落ちて行く気がする。どこからということもなく、内に籠っていた置き場のない不安感を収めようとする秘めた力が広がって来るのを察する。

確かに詩織さんがいっていたように、誰に向かってというよりも、自分に向かって唄い叫ぶ衝動に駆られていくのは理解できた。

ときに声を出して思い切り泣くのもいいかもしれない。そこには自分と向き合う、素の自分が現れる。泣いたあとには、意固地な気持ちをほぐしてくれる、不思議な感触を味わうようだった。

奈月は再生を止めて混乱した気持ちをしばらく鎮めなければ、身動きすらできなくなっていた。

それから間を置いて、いわれたようにアルバム『古今集』を取り出してみる。

一曲目の『元気を出して』を、聴いてみる。

出だしから、なんて温かな勇気付けられる曲であるのだろう。『M』がそれまでの抱えている気持ちであるならば『元気を出して』は、これからの気持ちの在り方を唄っている。詩織さんらしい合わせ方であると思うと、違う涙が滲んできた。

『もういいでしょう。泣くだけ泣いたら振り返ることはやめましょう。人生は捨てたものじゃあないわ。あなたにとって、明日はきっと開けているはずよ』

そんなことをいわれているようで、また泣けてきた。

この曲は、詩織さんからの友情ソングであり、励ましソングにもなった。身に沁みて有りがたかった。

奈月は大いに慰められ、自分を受け入れられる気持ちが一つずつ芽生えていくのを感じていた。

あの一年、ベーカリー屋さんの勤めは仕事に集中することで、気持ちに張りさえも感じることができた。勤務時間にもいろいろ配慮していただき、無理もなく年末まで続けることができた。

勤めを始めて教えられたことは、モーニングのお客さんは出勤前に朝食に寄って行く人たちかと思っていたけれど、そういう人たちばかりでなく、夜勤開けに一息入れて行く人や、早朝すでに一仕事を終えて、或いは一区切りしてか一服して行く人、また年配のご夫婦のように散歩途中の休憩処として利用する人たちなど、さまざまな生活パターンがあることを垣間見ることができた。学園生活では味わえない社会の一端を覗き見る思いがあった。


そんななかで、とある人との出会いというか、出来事があった。

いつも開店と同時に入店して、この時間帯では長居をするお方で、たぶん出勤までの調整にあてているのかと思われた。

寄り始めは夏が過ぎたころだったか新しいお客さんであった。歳は三十がらみだろうか、なかでも三つ組のスーツを着こなすスマートさが目に付いた。当初は週に一、二度ほどであったと思うが、いつのころからか平日は開店を待つように入店し、窓ぎわの定位置でモーニングをゆっくりとり、あとで新聞を広げたりぼんやりと遠くを見るような眼差しをしたりして、静かに時間を過ごしていた。

あるとき、奈月が前席のテーブルを片付けていると、傍のお客さんが退けたのに合わせるかのように出しぬけに声を掛けられた。

「学生さんですか」と、問われたので「はい」と、返すと「昨日はお休みでしたね」と、奈月には思いがけない言葉であった。いままで来店の挨拶を事務的に交わすだけであったので、ちょっと私的なものを含んでいるようで、気に留めたのを覚えている。

「いつもいる人がいないと、寂しい気がするものですね」と続けたので、どう応じたらいいのか迷いながら「ありがとうございます」といってから、自分でも『なにが、ありがとう』なのか、おかしなことをいってしまったようで、自嘲をもらした。

それからは挨拶を交わすにしても、今までと違ってどこか親しみのある笑顔を掛けたりして、ときにして奈月の立ち居に視線を送っているふうにも感じることがあった。相手は常連さんで、そのことで嫌な気はしなかった。

間もなくして「一度お話をさせてもらいないでしょうか」と、まわりに気を遣いながら低い声で掛けられた。

奈月は日ごろの態度や身なりから、はなから警戒心をあおる人でもなさそうなので、はっきりした態度を示すこともなく、建て前として「それはちょっと……」と、軽く愛想笑いを返すに止まった。

その後も、その人は奈月の態度にこだわるふうもなく、変わらずフレンドリーらしさを含んだ挨拶を交わしてきた。それから、半月ほど経って「先日は失礼いたしました。わたくしはこういう者ですが」と、名刺をそっと差し出された。お客さんから名刺を渡されたのは初めてであった。そして「一度お話ができたらと思っています。いかがですか」と、重ねて問われた。そのときも少し身構えて、同じように「それはちょっと」と、奈月は返答をするしかなかった。

更衣室に戻ってから名刺を出して見た。

そこには名高いビールメーカーの社名があり、所属、氏名その下の住所欄には、界隈の町名が記されてあった。

これでその人の素性が分かってきた。

初めの『学生さんですか』と、確かめるような問い掛けに、学生相手になにか通販か会員集めを勧誘している営業マンかも知れないと、多少とも疑ってみたりした。詩織さんのことが頭に浮かび、警戒心を生んでいた。

住所からみると、たぶん渋谷駅から遠まわりになるけれど、通勤路の道筋にあたるこの店で朝食をとりながら、出勤時間を見計らって行くのだろうと、予想とたがわないことに、多少の安堵感を与えてくれた。同時に、会社イメージと三つ組スーツ姿のスマートさにも合点がいく思いがあった。

勤務先や氏名が分かったことで、なんとなくの人から『あの人』と、身近さで見る目も変わっていった。名刺を差し出されたことに、誠実さも感じられた。先輩、同僚からは、お客さんとの個人的接触は控えるように釘をさされている。いずれにしろ、外で会うのは軽率さがあり抵抗感もあった。どんな話にしろ、こちらに関わる気がないのに、思わせ振りを与える態度は慎むべきであると、今度こそはっきり断ることにした。

　ある日仕事が退け、久し振りに道玄坂から東急に向けぶらり歩いて行くと、店頭で派手なお揃いのユニホーム姿のＰＲ嬢が、昇り旗を立てて呼び込みをしている光景に出合った。微かにひらめく布地の裾に、ビールと染め抜いた文字がくっきりと読みとれる。旗のイメージカラーから、あのメーカーの試飲会をしているらしかった。いつもなら、なんの興味も持たずに足早に通り過ぎてしまうだけであったのに、なんとはなしに通り越しにそのほうに近付き、歩を緩めた。

　そのときＰＲ嬢の後方に控えていた、ハッピ姿の男性がとび出して来ると、手招きをしながらいやに馴れ馴れしく奈月に近付いて来た。

「いらっしゃい、仕事明けですか」

　奈月の前に立ちはだかった。奈月は目を逸らし反射的に身を交わし通り抜けようとすると
「いつも狩り出されているのですよ」といわれたので、あれっと気になるところがあ

りその人を見返した。そこで気が付いた。

名刺を差し出されたあの人だった。彼は初めから奈月と承知していたようだった。

「ごくろうさまです」

奈月は事情が理解できて声を発した。

「新製品の案内をしているところです。いかがですか、お試しください」

身なりや言動からも、いつもの静的な彼から大きくかけ離れた印象をもった。

「ごめんなさい。アルコールは苦手で、わたしには分からないので」

正直に返すと
「女性にも好評なのですよ。是非愛飲してみてください」と、チラシを手渡された。

そこで、自分は対象者にあたらず、無駄手間を掛ける気がしたので礼をいって、その場を離れようとした。すると、彼はくるりと同伴担当者に背を向けると
「明日もここで促進することになっているのです。このあいだお願いしたこと、いかがですか。それで、明日はいかがでしょうか」と、切羽したかの物いいになっていた。

咄嗟に奈月は「明日は授業がありますから」と、あしらってみると

「では、今日はいかがですか」と、畳み掛けてきた。

「今日といわれましても、まだお仕事があるのでしょう。わたしもこれから買い物がありますので」

奈月はそういいつつ、少し強引過ぎませんかと、むっと気を覚えた。

「この場は、間もなく引き揚げる予定です。わたしは応援要員ですので、あとは専任担当者に任せられます。買い物が終わってからでいいのです。ご迷惑を掛けるつもりもありませんので。そちらのご都合でよいのです」

彼はたちまちしおれたかのような、それまでの溌剌さは消えていた。奈月はさらに断る策を閉ざされてしまい縮まる思いがあった。彼は簡単に引き下がる気配もなさそうだった。このまま路上で押し問答を続ける訳にもいかなかった。だからといって、哀願するかの低姿勢に憤然と立ち去ることにもいかなかった。どんな話であれ、日を改めてなどと思うだけで、気が重くなった。相手は身分を明かしているし、社会的にも相応信用できそうな人でもあった。まだ陽も高く、これ以上断るのも忍びなくなった。

奈月は、自分を宥めて平静さを取り繕った。

「どんなお話か分かりませんが、今回だけということで、お願いいただければ」

「それは分かっているつもりです」

彼は眉を曇らす表情から目尻を下げた表情に戻っていた。


一時間後、駅前近くのオープンカフェで待ち合わせることにした。

奈月は気持ちがざわつき、ショッピングを楽しむ気分は失われていた。ぶらぶらと散漫のまま時間を過ごしカフェに行くと、すでに彼が三つ組スーツで席に着いていた。

「買い物を中断させたようで、申し訳ありません」

丁寧な言葉遣いだった。

奈月は「いいえ」といって、向かい合ってみると、どこに視点を合わせていいのか定まらなかった。彼のほうもことの初めにどう話を切り出したらいいのか、無理に言葉を繋げるように話し始めた。

「今は、どの社も辛口と銘打ってドライ戦争真っただなかなのですよ。これまで夏場を過ぎれば一段落をしたものでしたが、今はシーズンを問わず、年齢層も広く特に女性ドリンカーに支持されるようになっているのです。これは単にブームとしてではなく、いかに定着させるかが今の課題となっているのです。それで駅前やショッピングセンター、酒屋さんの店頭などで、社を挙げての売り込みを掛けているのです。総力戦ですので営業部門だけでなく、なにかと駆り出されるのです。これからは、メーカーといえども、腰を据えている場合ではないのです」

そこまでトーンをあげて一気に喋り続けると、気が収まったのか

「これからは、お客さまの目線に立った、ある意味、サービス業をも心得ていく必要があるのです。認識を変えていかないとならないのです。会社に入って六年が経ちますがここに来て、目まぐるしく業態が変わっているのです。変化をしないと生き残れない時代は過ぎたのです。勝ち抜かなければ生き残れない。そんな呪文を負わされて、毎日追われながら過ごしているものなのです。わたしにとって見通しというか、会社のなかで居場所というか、日々の変化の速度になかなか着いていけないところがありまして……」

奈月には仕事に向き合う彼の熱意は分かるにしても、だからわたしにいわれてもと、困惑している表情を察したのか、おもむろに話題を変えた。

「今日はありがとうございます。実は私事ですが、今月末で退職することになっています。それで、どんどん日が迫って来てしまい、いろいろ無礼なことだと承知はしていたのですが」

「退職って、会社をお辞めになるってことですか」

と思いのほかの言葉に、問うてから続けて
「でも先ほど、お仕事に精を出されている姿に感心をしていたところです」

奈月はいきごみと裏腹な内容に、戸惑いを覚えた。

「そう映ったようでしたら、わたしも嬉しく思います。でも、半分は空《カラ》元気なところがありまして、マニュアルに沿ってやっているところがあるのです。いつかはこんな日が来るだろうと覚悟はしていたのですが、わたしのように選択肢を持ってしまった者には、踏ん張りもこれまでと思うところがありまして」

彼は神妙な顔付きになっていた。

「選択肢って……」

「実は、実家が岐阜の山間で温泉宿を細々やっておりまして、ゆくゆく兄が継ぐものと承知していました。その兄が大阪にいたのですが、一昨年ドイツに赴任することになって、家族同伴で行っているのです。その直後でしたか、父が腎臓の合併症を患いまして、入退院を繰り返している状況なのです。兄は元々技術者で当分帰ってくる予定はないらしく、実家に戻るつもりもないといわれました。それで、ここに来てわたしのほうにその話がまわって来た次第なのです」

奈月にはそれがどうしたというのか、よそ事にしか響かなかった。

彼はまた、話を変えた。

「朝になってまた一日が始まると思うと、呼吸が切迫するようになりまして、胸が苦しくなるのです。起きて家を出るまでが気ぜわしく難儀するようになりました。部屋を出てしまえば少しは気が休まるところがあるので、次第に早くなりました。でもその分、会社に早く着いてしまうのも望まないことでした。駅を降りてから右に左に幾つかコースもできて時間を潰すようになりました。まだ裏通りは人通りもあまりなく、気持ちを落ち着かせるには意味のある時間となったのです。ある雨の日、ふとおたくのカフェに寄ってみたのです。もともと店に入ると気が詰まりそうで進まなかったのですが、なんどか通っているうちに意外とゆったり感があって居心地がよくなりました」

そういってから奈月を正面から見据え、居住まいを正すと

「それはあなたがいたからです。あなたを見ていると、なんというか忙しさのようなものが遠のき、気持ちが落ち着くのです。ほかの人が『いらっしゃいませ』というだけですが、あなたは決まって『ようこそ〜』と語尾を延ばして付け加えます。それがなんともいえないのです。そのうち、あなた会いたさに寄るようになったのです。たとえあなたとお話をしなくても、ほかの人に声を掛けたとしても『ようこそ〜』と、あなたの澄んだ明るい声を聞ければいいのです。あなたがそこにいてくれるだけで気が休まるのです。今ではあなたに会ってからでないと、会社に行けなくなったのです」

奈月は『ようこそ〜』と付け加えていたのは流れで出た言葉だったようで、いわれ

て初めて意識したことだった。それにしても、そんな気持ちでモーニングに寄ってくれる人がいたのかと振り返ると複雑な気持ちにもなった。でも、それでどうしようというのか。一方過ぎて、この場をどう執り成していいのか困惑するばかりであった。奈月は返す言葉も見当たらず黙ってしまっていた。

少しのあいだ、沈黙があって

「今月末で東京を引き上げます。このままあなたと別れるのも心残りとなりました。それで一度、お話ができたらと思ったのです」

奈月はそのような事情があるにしても、あまり思い詰められてもと迷惑さも生んでいた。

奈月が俯いていると

「あなたは和服がお似合いそうですね。カフェのバンダナ帽や制服姿も清楚でいいのですが、楚々としたさまがきっと和装にもよくお合いだと思うのです」

彼はまた脈絡のない話に戻ってしまうのだろうか。なにをいわんとしているのか、混乱さえ覚えていた。

それから

「旅館業に興味はありませんか」と、問うてきた。

奈月は「はあ……」といってから、突然話を飛ばされて、それにまわりくどさに辟易をしていたので

「興味はありません」と、つれなく応えた。

「そうですか。まだお若いから。直ぐでなくてもけっこうなのです。学生さんということですし、これからいろいろと見てもらえればいいのです。一度、岐阜の実家のほうに遊びに来ていただけないでしょうか。どんなところか分かっていただけると思います。わたしもこれから修業の身に入ります」

ここで彼の本意がここにあったのかと奈月は感付いた。

『遊びに来て』とは、どういう意味合いなのか。家族へのお目通りも兼ねているのか。

奈月にとって意外な展開になってきた。

これまで途切れ途切れに彼の愚痴を聞かされているとしか思えなかっただけに、ここに至る話の経緯を踏まえれば、全体像として筋が通っていた節がしてきた。彼は上

気した表情に、鼻の辺りに汗が滲んでいるのが見て取れた。いつもの着こなし振りから繊細な人に映っていたけれど、話し振りはいたって朴訥としていて、まどろっこさもむしろ実直な人なのだろうと思えてきた。

「ゆくゆくのことでいいのです。わたしは実家に帰るにあたり、それ相応の覚悟もあります。甘い気持ちは許されません」

彼のいい切った気持ちはそれなりに伝わってきた。

「わたくしはそのような立派なお仕事には勤まりません。あなたがどんな思いをされたのか分かりませんが、それは困ることです」

奈月も曖昧な気持ちではいられなかった。

「帰るにあたって、できれば将来のことも意を踏んで置きたいのです。旅館のほうは家族中心で、いたって和やかにやっております。少しずつ馴染んでもらえばいいのです。きっとあなたなら十分やっていけると思います」

奈月の知らずのあいだに、このような気持ちで隅々まで観察されていたのかと思うと、背筋に身震いさえ起きていた。

「いいえ、わたくしはそのようなお仕事を考えたことはありませんし、向いてもいません。とても勤まらないことです」

彼のこれまでのいい寄りかたからすれば、困惑した話になってしまい、あのときさっぱりとお断りをしていれば済むことだったのにと、後悔の念にかられていた。話が先に進まなくなった。互いに押し黙ったまま重い空気に包まれていった。

少し間があって、彼が宥めるように
「あまりに性急なことに思われたら謝ります。わたしもついつい夢中になってしまって。すぐ返事をいただけるとは思っていないのです。ゆくゆくわたしや家のほうも見ていただいて、それからでいいのです。そのときまたお話ができたらと思っています」

彼の態度が紳士的でありそれなりに説明もしっかりされていることに、警戒心は遠退いていたけれど、大きな期待と思い込みをされるのも困ることであった。どう分かってもらえるものか、奈月は追い詰められた心境だった。

彼も視線がおよいで戸惑いの表情を浮かべていた。

「こんなこと、伺ってもいいでしょうか」

神妙な顔付きになり、眼差しが定まった。

また話題を変えてくるのか。そうなると長くなるのかと用心した。

「失礼ですが、今お付き合いをしている人がおいで/でしょうか」

奈月は触れられたくない領域に踏み込まれたようで、反発心が湧いた。

『こんなことまであなたにお応えしなくてもいいでしょう。それより旅館のお勤めには興味がないといっているのですから』と、意に染まないながらも口に出す訳にもいかなかった。

黙していると
「もし、そういうお方がおいでだということでしたら、無理強いする訳にもいきません。ただ、将来まで約束をされていないようでしたら、わたしの話も聞いてもらいたいのです」

懇願されているのが苦痛になってきた。

彼はしばらく奈月を正視していたが、身体を固めていっこうに応えるふうもないの

に痺れをきらしたのか
「やはり、おいでなのですね」と、自らに判断を下すように声を落とした。

奈月は応えようもなかった。

「そうですか。あなたにそのようなお方がいても、別に不思議ではありませんね。わたしの独り善がりであったかもしれません」と、自答しているようにいってから
「ただ、あなたはまだお若いのですから、これからいろいろと経験されるのもいいのではありませんか。考えてもいないのでしたら、一度考えてみてもらうのもどうでしょうか。興味というのは手掛けてみてからでないと、本当のところは分からないはずです。できないなんてないのです。急ぐこともないのですから」と、付け加えた。

奈月にはその響きが、彼の悔恨なのか嫌味を含んでいるのか気になったけれどどちらでもよく、突然降り掛かった話に、根から乗り気がなくてこの場を早く切り上げたいと思っていた。

それで「申し訳ありません」と、頭を下げた。

彼は打ち寄せる波がぴたりと退けたように、穏やかな表情に戻ると

「あなたには迷惑だったかもしれませんね。わたしとしてはいわぬままここを去ることにならなくてよかったと思います。だいたい人には独り善がりのところがあります。うまくいけば、それがご縁ということになるのでしょう。そうなるかどうかは神様がお決めになるのでしょう。それに従うよりないのです。あなたのご加護を願います」

彼は気持ちを切り換えたのかそれ以上いうこともなく、彼なりの悟りの言葉を残して、街なかに消えて行った。

奈月は一人残されてから、自分の態度を省みて塞いだ気持ちに襲われた。

話の向きから、彼が自ら判断を下したとはいえ、事実と違うことで話が収まったことに気が咎めていた。

彼の誠実さに奈月は応えていなかったことに、苦渋の思いがあった。それならば『そのようなお方は、おりません』というべきで、そのうえで、その気がないと納得してもらえれば、すっきりした気持ちになれたのではなかったろうか。

自分のほうにこそ独り善がりな気持ちがあったとも思えてきた。

もしかしたら、彼はお見通しであったかもしれない。

『わたしは腹を割って話したつもりです。あなたがそういうことでしたら、これ以上いうつもりはありません。分かりました』と、奈月の態度に見切りを付けたとも取れなくもなかった。

奈月はむしろそのように彼が取ってくれたらよかったのにとさえ思えた。

自分はその程度の娘であったのと思われても構わない。そんな苦さを持った。

奈月は、東京を離れたい気持ちがつくづく強くなった。

ほかに、卒論の仕上げと提出やなんどか帰郷を重ねた就職活動、サークル仲間たちとの沖縄と八重山諸島への卒業旅行、弟の大学受験の案内や翌春の上京に備えてのアパート探しなど。

思えば新たな出来事が続いたけれど、想い出というよりときの経過として一つ一つやり過ごしていたことが強かった。

奈月は最終学年を過ごし、故郷に帰ることになった。

世田谷を離れたことが、新たな生活への転機となった。

あれから二十数年の歳月があの日々の感情を風化させながら、出来事だけが残照として映し出されていく。

卒業してから数年のうち、友達会いたさに学園祭や同窓会に上京したけれど、渋谷止まりで、三軒茶屋まで足を延ばしてみる勇気は出なかった。

詩織さんといえば、奈月のアルバイト先に訪ねてくれたあの日が、会った最後になった。

「今までクラシック系は厳粛でわたしにはハードルが高くて、つい敬遠することが多かったけれど、このあいだ三軒茶屋の例のレコードショップで、たまにはこんなのはどうかって薦められたの。『ポピュラーナンバーになったクラシック名曲選』というアルバムなのだけれど。試聴させてもらったらこれがいいの。チャイコフスキーのピアノ協奏曲もフレンチマーチ楽団に掛かると、軽やかなステップを踏むサウンドに大変身。ペリーコモの『時の終わりまで』の元ナンバーがショパンの『英雄ポロネーズ』をアレンジしたものだったり、ベートーベンの『エリーゼのために』が、カテリーナバレンテの『情熱の花』であったりするの。こんなこと分かっていたけれど、アレンジの仕方でどうにでもなるの。食わず嫌いだったのよね。イージー・リスニングって、音楽のジャンルに壁がある訳でもないのよ。わたしには幅が広がった感じね」

今も奈月の前に居るのは、清楚でイヤホンをあてサウンドに耳を傾けている姿が変わらぬ、詩織さんだった。

故郷の秋田で幼児教育センターの先生になって、奈月の少し後に結婚をされたとの知らせをうけた。その後、子育てやなんやらでどちらからともなく賀状も途絶えて、もう久しくなっている。

詩織さんはどう変わっているのかな。奈月のほうは詩織さんから見たら、どんな印象をもたれるだろうか。お互い、昔の自分も今の自分も混じり合っていてもいいのだろう。ちょっと興味があるところである。

子供の手も離れまた連絡を取り合って、できればどこかでゆっくりお会いできればと願っている。

ラクロスの由里子ちゃんは大学職員として残り、クラブコーチを経て、今は監督としてリーグ戦で活躍する強豪チームに育て上げている。由里子ちゃんが始めたころは、日本に導入されて日も浅く、人集めにも苦労されていたけれど、今では女子学生運動部としてメジャーといえるまでに成長し、ラクロスといえばどんな競技か頭に浮かぶまでになっている。

書道学科に進み、翌年出直すことになった登美江ちゃんは、地元に戻り中学校で国語の先生になっている。

畜産学部で頑張っていた妙子ちゃんは学部仲間と結婚し、今は岩手の地でチーズ工房やジェラートのお店も手掛け、大きく酪農の道を切り開いている。

アパートの隣部屋にいた、一つ年上の明恵さんとは気が合って、夕食は一人でも二人でも同じねと、途中からいっしょに作って互いの部屋で食べることが多かった。

岡山の出身で、実家はぶどう園をやっているようで、季節になるとピオーネが送られてきた。初め奈月は、巨峰とピオーネは同じものと思っていたけれど、実は違うことを教わった。奈月が知っているぶどうは、小粒で赤紫色のデラウェアがお決まりであった。地場のぶどうは、それに限られていた。けっこう甘みもあり適度に酸味があって、口にあてて粒を強く摘むと、中身がつるりと出て食べやすかった。

ピオーネはデラウェアに比べて大粒の房で、黒みがかった紫色の見るからに高級感があった。ピオーネの片親が巨峰だというのも明恵さんに教わった。房の形では巨峰は全体的に細長く、ピオーネのほうが粒は大きめで丸みを帯びているとか、味はピオーネのほうが甘みのなかに爽快感があって、酸味が巨峰よりも抑えられているなどと丁寧に説明をうけたけれど、奈月にはおいしさに変わりはなく、いわれてみればそうかなって分かる程度であった。

　家は九代続く旧家で、妹さんが一人いるといっていた。お婿さんを迎え、十代目を継いでいるのだろうか。帰郷されたあと、近況を知らせる手紙を何度かもらっていた。是非、遊びに来てねといわれていたけれど、結局、バイトや就活などが重なり、行くことは叶わなかった。

　元気にしているだろうか。


　世田谷線といえば、当時は生活や通勤通学の足としている沿線住人が主な乗客であった。近頃はぐっと若者に注目されてきて、遠くから撮り鉄マニアや沿線界隈の昭和の風情を懐かしむ者、なかには食事処やデートスポットなどにもけっこう利用されているようだ。

そんななかで、変わったといえば車両であるだろう。今でも、情報誌やテレビ番組に取り上げられているのを見ると、気掛かりでまずそこに目が引き寄せられる。

当時の外装は半鋼製の全車両グリーンで統一されていた。内装は床も窓枠も側面の壁材も薄茶ベースの木製で、温もりと落ち着き感を与えていた。今では軽量ステンレス製車両に入れ替わり、車両別にさまざまな色彩に富んだカラフルさが話題になっている。窓を大きくとり、乗降扉は両開式スライドで、見るからに快適な乗り心地を映し出している。従来の段差のあるステップは、ホームを嵩上げする一方、車両を低床式にしてスロープをなくし、弱者にも優しいステップレスのバリアフリー化を計っている。

これとは別に、新車両になっても以前と変わらぬものがあるならば、それは走行の速度である。あいかわらず急がず、焦らず、いつものペースをくずさず、住宅街を通り抜けていく姿は郷愁を誘ってくれる。松陰神社前駅を過ぎて次の世田谷駅に向かうところで、広めの側道が左手に現れる。三軒茶屋駅からそこまでいくつもの並走する側道があるけれど、右に左に現れてはいつの間にか住宅に阻まれて消えてしまっている。ここではひと駅のあいだ、区役所通りの広めの踏切を挟んで、途切れることもなく続いている。道はしばらく車の往来ができる幅を保っているが、世田谷駅に近付くところで寺院の境界塀に阻まれ、人がやっと通れるだけの幅を残して、駅のホームに抜ける道となっている。たぶん、ほかとは違ってもともとあった通路というよりも、長年自由に通り抜けていたところを、塀を少しずらしてくれて住人への配慮の小道になったようにも思えた。

また、途中までの道は、沿道住人の車の出し入れに必要な生活道路となっているのか、日中は車の往来はあまり見うけられなかった。

そこで、少年たちが電車を追い掛けて来る姿にときには出会ったものだった。追い掛けても追い付けないと分かっていても、つい追い掛けてしまいたくなるような速度であるから、その駆り立てられる気持ちも分からない訳ではなかった。そして、たちまち離されると、悔しそうな表情でへたり込む姿に、むしろ元気をもらったものである。

また、世田谷線は住宅街を単調に走行しているようでありながら、変化に富んだ路線でもあった。軌道はあちらこちら起伏があって、ある地点では対抗車両の屋根の部分がまず見えて、それから四枚ガラスの運転席の正面が徐々に現れたりした。それに、微妙にカーブを描いているので、対面に急に車両が目の前に現れてはっとしたり、運転席がよく見えていたかと思うと、次に二連結の側面全体が弓なりになりながら近付いて来たりした。

ほかには、四季の移り変わりにいち早く目を和ましてもくれた。

春の訪れとともに、住宅の狭い庭とはいえ庭木に紅色の花桃や白梅が垣根を越えて、車内からの目線に合わせるかのように咲いていたり、多数の小花を着けた純白の雪柳が柔らかな陽光に顔を覗かしたりした。圧巻は、松陰神社前駅の下りホーム脇に桜の古木があって、爛漫と咲き誇り、散りぎわには行き交う車両に花吹雪を舞ったりした。

梅雨に入ると、軌道脇の法面《ノリメン》のここかしこにアジサイが彩り、夏にはいつもの柵に蔓が絡んで青紫や薄桃色の大振りな朝顔が群れ、丈を伸ばしたヒマワリが力強く、さらに進むとタチアオイが炎天下に負けない勢いでピンクや白い花弁を誇らしげに咲かせていた。

秋にはそのまわりにススキやコスモスの群集が取ってかわり、晩秋の長い斜光影をつくって、ススキは枯れたままいつまでもくすんだ白い穂を揺らしていた。

番外では、ツツジが蕾を膨らませるころになると、沿線柵に蒲団やかい巻きを広げて陽差しにあてている光景も、穏やかな季節の到来を知らせてくれたりした。たぶん古くからの住人で、玉電時代から変わることのない鷹揚な暮らし振りの一端を覗かせてくれるようで、平穏で温かな気持ちになったものである。


奈月がいた昭和から平成に掛けてのころは、すでに三軒茶屋駅北側周辺では、第一工区として市街地再開発事業が進んでいたようであった。それから、奈月が去って数年のうちに駅一帯の再開発工事は本格化し、まわりの街並みは戸惑うまでにすっかり変貌してしまっている。

かつての木造駅舎は、世田谷通り基点の信号脇から西太子堂駅側に大きく移設されている。そこでランドマークタワーの一隅に近代的設備の駅舎に生まれ変わり、アーチ状の屋根下に寄り添うように組み入れられている。新玉川線も路線を延ばし、名称を田園都市線と変えている。世田谷線からの乗り換えも、いったん通りに出なくても地下通路で結ばれている。

また、かっては三軒茶屋の表の顔にもなっていた国道三叉路の要《カナメ》にあたるビルは、正面に一段と見映えのする赤い懸垂幕にカラオケ店の大文字が躍っている。奈月がいたころは大手の都市銀行ビルではなかったろうか。たぶん、商店街の端にあったクレープ屋さんも、ビル群にのみ込まれ跡形もなくなってしまったのに違いない。

〆に必ず食べたお好み焼き屋さんの釜飯は健在だろうか。それにすずらん通りの飲食店街や、おかず横丁のエコー仲見世も懐かしい。道端に空箱などを積み上げてあった室内型の釣り堀屋さん。三角地帯にあった屋上のバッティングセンターや、正面の外壁にユーモラスに身体をくねらせた男女の河童のレリーフが印象的な映画館などは、今はどうなっているのだろうか。

話によると、三軒茶屋界隈の街並みだけでなく住宅街に囲まれた松陰神社通り商店街も、随分様子を変えているようだ。当時奈月は、夕餉の支度を賄うのに一つ手前で降りて歩いて帰ったものである。大手のスーパーストアがある訳でもなく、お肉屋さん、八百屋さん、魚屋さん、それに電気屋さんや荒物屋さんなどひと通り揃う個人店が軒を連ねる、いたって昔ながらの商店通りであった。奈月は東京とはいえ、故郷の街並みと生活感が変わらぬようで馴染みやすかった。食事処としても、学生相手のお店が主で、まずは外から食事をするために来訪することなど思いもよらぬ通りでもあった。それが今では、若者たちがわざわざ行きたい街として、注目を集めているらしい。タウン誌によく取り上げられている洒落たビストロやカフェ、かわいい雑貨類など、それぞれのお店が趣向を凝らして新たなお客を呼び込んでいるという。出店者も若者を中心として新しい感覚で、これまで商店街を支えてきたお店の人たちとうまく共存して活気付けているようだ。

時代が刻々と変わっていく思いである。

そこで、今も開けているのか気掛かりなお店がある。

松陰神社門前の和菓子屋さんである。

通い始めて間もなく、車窓から商店街があることが分かったので降りてみた。そのとき、店頭の神社祭りのポスターだったか、松陰とは吉田松陰であることを知った。幕末の志士として日本史で習った人物であることが、おぼろげながら思い浮かんだ。教科書に載るような人が祀られている神社が近くにあるのかと、少し興味も湧いていた。ただ、神社前駅となっているので駅傍にあるものと思っていたが、買い物途中に社《ヤシロ》は見あたらなかった。あるとき、評判の和菓子屋さんを聞いてしばらく商店街の先まで進むと、そこに鳥居が現れた。ほんの手前にそっと佇むお店があった。低い屋根に続く庇部分に、表から見えるガラスのショーケースがあり、なかに商品別に彩りを揃えた黒塗り箱が置かれてあった。ケースの裾の外壁は、白黒のバラス石を敷き込んだタイル張りが唯一気張って見えた。

以来、買い物ついでに商店通りの奥まったところまで足を延ばすだけのことはあった。季節ごとに草餅や桜餅など、さっぱりとした餡の甘さがどれも美味しかったけれど、特に評判なのが豆大福である。隣部屋の明恵さんと「これは別腹ね」と、いい合いながら食事のあとに頬張ったものである。街がどう変わろうと、あの一徹な手づくり感は大切に残しておいてほしいものである。

ほかにも、特に忘れられない光景がある。

秋の夕暮れどきに、若林駅から西方に向かう直線区間を、真っ赤に染め上げた夕焼け空にゆっくりと進むグリーンの車両。照らし出されていた雄姿が、脳裏に焼き付いている。

夕陽の先を辿って行けば、海を越えてまた陽が昇るのだろう。そこには尚太がいる。そう思うと、つい涙が零れ落ちてしまっていた。

『尚太、元気にやっていますか。わたしは元気です。頑張って、夢に向かって羽ばたいてね』と、祈る気持ちが胸を締め付けていた。

そんな情景や想い出が、スクリーンを早回しするかのように蘇っては消えていった。

＊　＊　＊

『ジュリー』のカラオケルームは、盛り上がりをみせていた。雪絵さん幸代さんたちみなさんは、ポッチャリキュートな万理さんの腰振りに笑いを抑えながら、身体を揺すり手拍子を打っている。

それが終わると絹江さんが前に出て

「そろそろ、エンディングの時間が近付いて来ました。みなさん、十分唄いましたか。最後に千都留さんに唄ってもらってから、お開きにしたいと思います」

すると、千都留さんがすかさず声を掛けた。

「絹江さん、今日はお世話さまでした。みなさんにも感謝いたします。絹江さんにもう一曲唄ってもらってから、わたしも唄わせてもらいます」

みなさんがこの会を取り仕切ってくれた絹江さんに、ねぎらいの拍手を送った。絹江さんの装いは、明るいグレーのワンピースに、ローウエストの細いベルトでスッキりとまとめられている。

みなさんは背伸びすることもなく、それぞれの個性を生かし生活の変化を楽しんでいる。なんて素晴らしい人たちに巡り合ったのだろうと、心安らかだった。

絹江さんは『ＴＯＭＯＲＲＯＷ』を軽快な足踏みをしながら、身体を小刻みに振り熱唱している。それをみなさんが歌に合わせて口ずさんだ。

唄い終わると、スリムな絹江さんに代わって、ゴージャスさを漂わせた千都留さんがステージに立った。

「今日はありがとう。楽しい時間をこうして過ごさせてもらいました。今度、マイソングが一つ加わりました。『池上線』のアンサーソングとして、三十七年振りにリリースされた歌です。この歌はわたしの心に、過ぎ去りし日々を惜しみなく語ってくれます。それではみなさまひとり一人にお礼を込めて、唄わせてもらいます」

『池上線』て、そんな以前から唄われていた曲なのか、それなら千都留さんの青春歌となっていてもおかしくないなと、奈月は改めて教えられた。

それから、千都留さんは両手でマイクを包むと、丁寧に頭を下げた。

♪　住宅街を走る電車の窓に
　たそがれ色の夕陽が落ちる
……
……

　奈月は初めて聴いた。

　今度の曲はまだ残る青春のほろ苦さを胸に残しながらも、軽快感のある曲調がウエットさを拭い去っている。

　聴き入っていると『住宅街を走る電車』、『ドアにもたれる』、『小さな駅』、『よぎる路地』などのフレーズが、あたかも奈月が過ごした世田谷線や沿線界隈に同化しながら、自然とその情景が脳裏に蘇ってくる。

　そして唄い終わったとき、そうだったのかと奈月は一つの疑念が解けた思いがあった。

『あの二人、やっぱり別れてしまったのか……』と。

わだかまっていたものが一瞬に堕ちる思いであった。

奈月は『池上線』の曲を耳にするたびに、歌詞のなかにいる二人の行く末が気になっていた。確かに『あなたは二度と来ないのね』と、若い二人の別れの場面を唄っている。そう理解しながらも、あの二人にはどこかに救いを求める願いが奈月の胸の奥に付きまとっていた。

それは『待っていますとつぶやいたら、突然抱いてくれたわ』というあとの歌詞に、胸がつまされてしまうのだった。奈月だけの勝手な思い過ごしかもしれないけれど、気になってならない情景だった。そこから思い描くのは、二人はなにかの事情で別れることになったのだけれど、あとになって彼が迎えに来てくれる。そんなシンデレラストーリーを思い描いていたけれど、そういうことにはならなかったのかということであった。

今度の曲により、あの二人の結末が明らかになってしまった今、奈月には別な思いが蘇ってきた。

穿った見方かもしれないけれど実は、男性は数年たって彼女を迎えに来てくれた。女性はじっと耐え忍び、一途にその日の来るのを待っていた。奈月にとっても、登場の若い二人がハッピーエンドで終わってほしいと願っている。しかし、現実には男性が迎えに来たときには、すでに女性には新しい恋人ができていた。そこまでいわなくても、女性は新たな道を歩み出している。男性は待っていてくれるとばかり信じていたけれど、女性の思いはとうに切れている。

思いはそれぞれであり、女性の冷ややかさとか身勝手さでもなんでもない、たぶん現実を受け入れる、しなやかな生きる渋とさが備わっているのではないだろうか。

そんな思いが胸によぎったりした。

そして、物憂げに一人佇みホームにいるのは、男性のほう。

こんな設定だって、成り立つのかなって……。

ときがたち、青春の慕情として光と影を織りなしながら浮かび上がってくる。

今だから分かることもある。

『一度捨てたら、二度と戻らない』

今度の曲で、ずっしりと胸を衝く言葉を、さらりと唄っている。

『池上線』のあの恋が成就していたら、元々アンサーソングとして今度の曲は決して生まれなかったはずだと、一人納得をしたりした。

当時奈月には、アメリカまで追い掛けていく気概を持つまでに至らなかった。そうかといって、いつまで待てばいいのか不安ばかりが先立って、将来を描くこともできずにいた。奈月の描く世界は平凡であっても、静かな生活が送れることを願う強情さがあった。視野が狭くたとえ意気地なしとなじられても、それを受け入れるより仕方のないことであった。

描く夢の違いに気持ちは頑なになり『待っています』とも、いえなかった。

あれは、独り善がりの恋だったのだろうか……。

出会いからそれまでのいろいろな出来事を思い出し、紛れもない青春の日々に変わりはないはずである。

そう思うことに、なんのためらいもなかった。

それぞれの人生をそれぞれの想いを背負って、歌は唄い継がれて行く。

奈月は、そんなことを頭に描いていた。

送別会も打ち止めとなり、絹江さんにまた車で送ってもらった。

「奈月さん、今日はどうだった」

「楽しかったです。一日が、なにかなんにちも過ごしたような一日となりました」

これが奈月にとっての感想だった。

「ここに来て、一日一日が飛んで行くように過ぎていくみたい。こうしてどんどん歳を取っていくのね。仕方がないわ」

絹江さんの言葉に奈月も同感だった。

「このあいだ、有香が高校に入ってひと段落したと思ったら、もう来年はまた受験になるのよね」

絹江さんは嘆息をもらした。

「そうですね。家は朱実も春樹も二人とも受験生。考えると神経を遣うわ」

奈月が返すと

「朱実ちゃんは東京に出すの」

絹江さんが聞いてきた。

「たぶん。都会で一人暮らしの憧れがあるようよ。でもなにをしたいのか、まだ決まっていないみたい。のんびりしていてどうなるか。思えば、自分もそうだったから。変なところだけが似るものね」

「女の子はなにかと心配よね。有香ったらアニメの声優になりたいなんて、よく分かんないことをいっているの。そういうのって、学校を出たからどうなるものでもないでしょう。夢を見るのもいいけれど、もっと身に付くものはないのって、いっているのだけれど」

「有香ちゃんなら、できそうね」

「やだ、有香にはあんまり入れ知恵しないでね。その気になっても困りもんだわ」

そんなことを話していると、絹江さんはなにかを思い付いたのか話を切り替えた。

「そうそう、このあいだ武ちゃんに会ったら、お店を大幅に改装することにしたって。悠ちゃんにいろいろ相談にのってもらっているっていっていたわ」

「ああ、染物屋さんの武雄さんね。今度、息子さんがお店に入ることになって、うれしそうだった」

奈月は悠也が設計を請け負っているのは聞いていた。

「悠ちゃん元気。しばらく会ってないわ」

絹江さんと夫の悠也は、地元の小中学校で同級の間柄であった。

「今年はいよいよ四十代最後の年であるから、同窓会を開こうって急遽話が出ているの。初めは、来年五十歳の節目だからなんて話が出ていたけれど、女性陣から四十代のうちにやらなくてはだめよっていわれて、一年早めることになったの。今は女性陣に決定権があるのよ。いつの間にか、みんな、おじさん、おばさんになっちゃって」

そういってから、絹江さんが想い出話を始めた。

「悠ちゃん頑張り屋よね。奈月さんは承知していることだけど、五年生のときお父さんを病気で亡くし、中学生になると朝刊の新聞配達をして家計を助けていたの。それに中学校ではバレーボール部のキャプテンで、誰にも面倒見がよくて女子にも人気があったのよ。運動会のフォークダンスでは手の握り返しがわたしには強かったなんて、他愛もなくキャーキャー騒いだものよ」

　奈月が口を挟んだ。

「フォークダンスのこと聞いたことがあるわ。いつだったか……。朱実の運動会のときだったかな。中学校では、最後に恒例となっている全員参加でフォークダンスをするでしょう。それを見ていてお父さんが『なかにはリズム感のない子がいて、握った手をなかなか離さないからテンポがずれて、先生に注意されたことがあるんだ』なんて、いっていたわ」

「悠ちゃんいうわね。奈月さんに気を遣ったのではないの。どちらかといえば、女子のほうが積極的であったのは確かだったけれど。男子だっていろいろ秋波を送っていたわ。フォークダンスは、貴重な告白タイムなの。でも、それ以上発展することもなかったけれど」

「まだ中学生ですもの。なにかにつけ騒ぎたてるの、楽しい年頃なのよ。それで、絹江さんにはどうだった」

「ううん、そうね……。微妙ね」

絹江さんは自分でいったことに照れたのか、頬を赤らめた。

「新聞配達は高校卒業まで続けていたのじゃあないかな。それから長男だから家に残るって、働きながら県立工科大の二部に通っているって聞いて、悠ちゃんらしいなって。建築士の資格を取るっていっていたのを覚えているわ。年頃になって関心を持っている子が何人かいて、バレンタインの日に手製のチョコレートで競ったりしたの。実は、わたしもその一人だったの。でも悠ちゃん、誰にもなびかないのよ。あとで分かったのだけれど、取引先の窓口にいた若い奈月さんに、ぞっこんだったのだもの。みんな、そうなら早くいってよって、不満をぶつけ合ったものよ。でも奈月さんを知ってから、奈月さんなら仕方がないわねって。わたしたち沈没よ。そうそう、こんなことといっていいかしら」と、言葉を繋いだ。

「わたし、一度だけ悠ちゃんと相合傘で学校から帰ったことがあったの。甘い想い出が半分と、苦い想い出が半分ってところなのだけれど」

絹江さんは横目で奈月に恥じらいを含んだ笑みを向けると、直ぐ視線を前方に戻し、首をすくめるようにして話を続けた。

「あれは中二の夏の日のこと。今でもよく覚えているわ。まあ、偶然といえば偶然の成り行きなのだけれど。放課後校庭でドッチボールをしていたら、雷が鳴って稲光りが近付いて来る気配がしたの。それで、急いで切り上げたの。すると、みんな怖い怖いといいながら我先に駆け出して帰ってしまって、結局ボールを道具庫に片付けるのはわたしになっちゃって。そんなときに限って木製の分厚い引き戸を開けたのはいいけど、どうしても閉まらないのよ。それで四苦八苦していると、うしろからドアに手を掛けてくれた人がいたの。振り向くと悠ちゃんが立っていて『下の戸車滑車《トグルマカッシャ》がいかれているのだ。閉めるときはちょっと浮かしながら押せば簡単に動くのさ』って、手馴れたように閉めてくれて、鍵も掛けてくれたの。『トグルマ』ってナニ、なんて思ったけれど、なんとなく垢抜けた響きに納得しちゃった」

「お父さん、初め大工さんになりたかったようよ。工具とか部品とか関心があって、細かいこともよく知っていたみたい」

「そうでしょう。工作が好きみたい。校務員さんとはよく友達感覚で話していたし。あとで引き戸を直してくれたときも、悠ちゃんが外すのを手伝っていたの、見たわ」

絹江さんはさらに想い出話を続けた。

「それから悠ちゃん『鍵は俺が返しておくから。じゃあなあ』って、体育館のほうに戻って行ったのを見送りながら、なんて格好いいのだろうと、ちょっと乙女心を揺さ振られた思いがしたわ。わたしにとっては初めての経験よ。そうこうしているうちに、あたりが暗くなって雨が勢いよく降って来ちゃって、これじゃあ帰れないなあと空を見上げていたら、悠ちゃんが傘をさしてやって来て『おい、送ってやるよ』って、声を掛けてくれたの。家は同じ方向だったけど、一つの傘で帰るなんてと思っただけで、気持ちが舞い上がってしまって、どぎまぎしてためらっていると『しばらく上がりそうもねえぞ』っていわれて、送ってもらうことにしたの。そして、傘に入ろうとしたとき、緊張したのか足がもつれて通路を下りながら威勢がついて、悠ちゃん目掛けて体当たりしてしまって、気が付いたらしがみついていたの。たぶん、目を白黒させていたと思うけど。バツが悪くて頭のなかは真っ白になっちゃって、あまりの軽率さに顔を上げることなんてできなかったわ。一方で、こんなふうに帰るのを人に見られたらどうしようなんて、自意識過剰な思いにもなって、道々どんな話をしたのか上の空で覚えていないわ。ただ傘を持った悠ちゃんに身を委ねるのを気にしていると、悠ちゃんは『もっとなかに入らないと濡れちゃうぞ』なんて、いってくれたのだけは覚えているわ」

「それ本当。わたし、お父さんに傘に入れてもらったことなんてないわ」

「そんなことはないでしょう」

「いいえ、本当よ。結婚する前だったけど、アジサイ園に行ったとき雨が降って来たことがあったの。売店に貸傘が置いてあって、店の人が『どうぞ』っていってくれたの。そのとき自分だけ傘をさして先に行ってしまったの。わたしは『なんだあ、入れてくれないの』って思ったけれど、仕方ないからわたしも傘を借りたわ。それに手をつないだりも、してくれたことがないの。一度、手をつなごうとしたら手を引っ込められたので『どうして』って、聞いたら『俺には、こういう習性はないんだ』なんていうの。それ以来、出せなくなったわ。並んで歩いたりするの煩わしいみたい」

「でも、そういう渋いところもよかったのでしょう」

「いいえ、やっぱりわたしも相合傘がよかったわ」

そんなやり取りも奈月には楽しくもあった。

絹江さんはまだ話の先があると続けた。

「それから、八幡様裏の四つ辻があるでしょう、そこまで来て悠ちゃんの家が見えると急に立ち止まって『俺はそこだから、あとは絹江が使えばいい』とかいったかと思うと、突然傘をわたしに押し付けて雨のなかを一目散に駆け出して行ってしまったの。わたしは悠ちゃんに無様なことをしてしまって、きっと嫌われたかも知れないと思うと悲しくなっちゃって、傘のなかでしばらく泣いてしまったの。気を取り直し家に帰り、傘を貸してくれたことを母に告げると『あの子は挨拶もちゃんとできるし、面倒見のいい子で、心根が優しいんだよ』そういって、悠ちゃんの評判はすこぶるいいの。あれ以来、どうして雨のなかを走って行ってしまったのか気掛かりであったけれど、確かめることもできず気まずい思いを持ったままになってしまって。悠ちゃんのあの温もりも残っていて、思い出すだけで胸がキューンとなって、なんとなく近寄りがたい存在になってしまっていたの。悠ちゃんはわたしだけでなく誰にでも優しいから、けっこう女性陣にはファンがいたのよ。奈月さん気にしないでね」

そんなことを、絹江さんが話してくれた。

「いいえ。そんなにファンがいたなんて信じられないけれど。でも、そういう話があったのは悪い気はしないわ」

「そう取ってもらえると、いった甲斐があったわ。奈月さんにいつか機会があったら話してみようと思っていたの。今日はなんだか気分爽快だから」

そういってから
「みんな、若いときがあったのよ」と、しみじみとした口調で付け加えた。


車が奈月の家の門前に着いた。

「じゃあ、悠ちゃんによろしく」

「いろいろお世話になりました。同窓会については伝えておきます」

奈月の掛けた言葉を背に、絹江さんは笑顔で帰って行った。

了

文中引用歌

一、曲名　「池上線」
作詞　佐藤　順英
作曲　西島　三重子

二、曲名　「池上線ふたたび」
作詞　門谷　憲二
作曲　西島　三重子

丸山《まるやま》　裕《ゆたか》
一九四七（昭和二十二）年、群馬県生まれ。
団体職員、専門学校講師を経て、現在はエクステリアプランナー。

世田谷線トワイライト
…もう一つの池上線物語…

発行日　二〇一九年十月一日

著　者　丸山《まるやま》　裕《ゆたか》

発行所　上毛新聞社事業局出版部
群馬県前橋市古市町一－五十一－二十一
〒三七一－八六六六
電話　〇二七－二五四－九九六六
ファックス　〇二七－二五四－九九〇六

乱丁・落丁本の場合は、発行所に御送付下さい。
送料小社負担でお取り換えいたします。
ご注文・お問い合せも発行所へお願いします。